小学館文庫

蟲愛づる姫君の婚姻

宮野美嘉

小学館

目次

蠱毒《こどく》というものがある。
壺《つぼ》に百の毒蟲《どくむし》を入れ、喰《く》らい合わせ、殺し合わせる。
そうして残った最後の一匹は、猛毒を持つ蠱《こ》となる。
それを古《いにしえ》より蠱術といい、その術者を蠱師《こし》と呼ぶ。

序章

斎《さい》帝国の帝都鴻安《こうあん》の宮廷は春の盛りを迎え、広大な庭園には色とりどりの花が咲き乱れていた。

その庭園に、とある異質な一角があった。

その一角はとても観賞のために造られたとは思えず、正体も知れぬ地味な草花が所狭しと植わっている。そしてその一帯だけが、何やら不気味な空気を放っていた。

正体不明な庭園の片隅に、葉歌《ようか》という名の女官が一人佇《たたず》んでいた。

ぴしりと背筋を伸ばし、諦念の眼差《まなざ》しを宙に向けた、二十代中頃の女官だ。

そこへ、香《かぐわ》しい花の香を纏《まと》い、蝶《ちょう》のように衣を揺らしながら三人の美しい娘たちが歩いてきた。美姫《びき》が集うと噂《うわさ》に名高い、斎帝国の皇女たちである。

しかしその美しいかんばせは険しい表情に彩られ、怒りや不満がありありと覗《のぞ》いているのだった。

「玲琳《れいりん》はどこにいるの」

硬い声を張り、皇女たちは葉歌に向かって問いただした。

「あ、そ、その……ええと……」

葉歌は皇女たちを見るなり狼狽《うろた》え、おたおたしながら背後へ目をやる。

しかしそこには草木が生い茂るだけで誰の姿もない。

「ここにはいないのかしら？　面倒だこと」

「ソ、ソウデスネ、こちらにはいらっしゃいません」

葉歌は冷や汗を流しながら妙にたどたどしく答える。

「いったいどこにいるのか、お前は知らないの？」

皇女たちがじろりと女官を睨《にら》んだその時、背後の茂みが不意にがさがさと音を立てた。彼女らはひっと喉の奥を鳴らして肩をこわばらせる。葉歌は片手で額を押さえた。

人の腰ほどの背丈がある茂みが揺れ、その中から人が這《は》い出《で》てきたのだ。それは一人の少女だった。

皇女たちはあっけにとられて顎を落とし、しかしぐっと表情を引き締めた。

「れ、玲琳！　そんなところで何をしているの！」

少女を見る皇女たちの眼差しは毛虫か百足《むかで》か、あるいはそれ以上の――この世で最も嫌悪する生物を見るものになっている。

その眼差しが一人の娘に向けられたものとしてはあまりに冷たいものだといって、

彼女らを責めるのは酷かもしれない。事実、茂みから這い出てきた娘は、人から嫌悪の視線を受けるに十分な要素を持っていた。

帝国一の優美を誇る庭園の中、娘は地べたに這いつくばり、着るものを泥にまみれさせている。袖も裾もびりびりに破け、肌は草の汁で汚い色に染まり、あちこちに擦り傷を作っていた。そのうえ何やら変な臭いがする。

「信じられない！　本当に嫌だわ。こんな薄汚い子が私たちの妹だなんて！」

信じがたいことではあるが、皇女たちが怒鳴った通り、この少女は正真正銘彼女らの妹であった。齢《よわい》十五を数える斎帝国の第十七皇女、名を李《り》玲琳という。

しかしこの場に母を同じくする者はいない。みな、先の皇帝の娘でありながら母親が違った。

豪奢《ごうしゃ》な衣装に身を包み、嫌悪の眼差しで玲琳を見やる姉たちの母は位が高い。斎帝国では、母親の身分がものをいう。対する玲琳を産んだ母はといえば――

「やはり生まれの卑しい子だわ！　母親が薬師などという下賤《げせん》の者だと、こういうみすぼらしい娘が生まれるのよ！」

同じ空気も吸いたくないというように、姉の一人が絹の袖で口元を覆う。

彼女の言う通り、玲琳の母親は宮廷に仕える薬師であった。優れた薬師であった玲琳の母親は、皇帝に仕え、見初められ、玲琳を産み、そして十年近く前に死んでいる。

李玲琳という皇女には、後ろ盾というものが何一つなかった。

血の繫《つな》がった姉たちですら敵でしかなく、姉たちのほとんどは玲琳を嫌い、蔑み、罵り、時にぶった。それはそれは酷《ひど》い扱いを受けたこともあった。

この世に玲琳を愛する者は、ほぼいないと言っていい。

それを体現するかの如く、姉たる皇女たちは侮蔑の瞳を妹へ向ける。

「本当に気持ち悪い……あなた、自分がどれだけみすぼらしく気持ちの悪い生き物なのか、分かっていて？」

泥に汚れた顔の中、玲琳は瞳をきょろりと動かして、姉たちを見やる。一考し、そして言った。

「まず、聞きたいことがあるわ」

「何よ」

「お前たち、誰だったかしら？」

問われて姉たちはまたしても顎を落とした。

「私を妹と呼ぶなら、お前たちは私の姉なのかしら？　私、興味がない人間は覚えないのよ」

「なっ……馬鹿にしてるの!?」

「馬鹿にしているというか、馬鹿だと思っているだけだわ。突然現れて名乗りもせずにわめき散らす。馬鹿以外の何だというの？　私、馬鹿は嫌いなのよ」

たちまち姉たちは顔を紅潮させると激昂した。

「無礼だわ!!　薬師の娘ごときが！」

「も、も、申し訳ございません!!」

叫ぶように謝罪をしたのは慌てふためく女官の葉歌である。彼女は玲琳のおつき女官であった。

「決して決して！　姫様に悪意はないのです！　ただ、ただ……そう！　姫様は少しばかり正直なだけなのですわ！」

「何ですって！」

皇女たちは葉歌に牙をむいた。

「あああああ！　口が滑りました！　違います違います！　姫様はその……少々誤解されやすいだけなのです！　さあ、姫様！　お姉様方に謝って！」

葉歌は必死の形相で玲琳に懇願する。半ば脅しのようでもある。

迫られた玲琳はやや不思議そうに瞬《まばた》きした。

「あら？　私は礼を欠いていたかしら？　それなら謝るわ。そうね、馬鹿という言い方は良くないわね」

玲琳はまた一考し、激怒する姉たちに向かってこう続けた。

「お前たちは頭が悪いわ。だけど頭が悪いからといって嘆くことはないわよ。人にはそれぞれ持って生まれた素質というものがあるのだから、お前たちの頭が悪いからといって、罪ではないわ。堂々としていなさい」

さらりと言ってのけたのである。姉たちはもはや怒りすぎて言葉もないらしく、口をはくはくさせて立ち尽くしている。指先でちょっと突いたら破裂してしまうのではないかと思われた。

謝罪を促した葉歌はといえば、もはや白目をむきそうであった。息をしているかも怪しい。

「それにね、今の私はとても機嫌がいいの。お前たちがどれだけ頭の悪い無礼者でも許すわ」

そこで玲琳はうふふふと笑った。妙などす黒さと薄桃色を混ぜ合わせたその笑みに、一同はぞっとする。

「今日は特別な日よ。一年かけて造り上げた可愛《かわい》い可愛い子が完成したわ。お前たちが今日ここへ来たのは何かの縁かしらね。いいわ、見せてあげる」

ほんのりと頬《ほお》を朱に染め、玲琳は固まる人々を尻目に藪《やぶ》の中から大きな甕《かめ》を引きずり出した。

甕の蓋をそっと外し、優しく中へと手を差し入れる。

「さあ、おいで。怖くないのよ」

甘い声を掛けながら手を引き抜くと――

「ぎ……ぎゃああああああああああああああああ!!」

姉たちは絶叫した。ついでに言うと、葉歌は白目をむいて地面に倒れた。

甕から抜き出された玲琳の手には、巨大な蜘蛛《くも》がのっていたのである。腹は人の顔ほどの大きさがあり、体が黒光りしている。目は赤く爛々《らんらん》と輝き、かさかさと足を動かしていた。それはどう見ても常識の埒外《らちがい》にある生き物だ。

蠱術――というものがある。

百蠱を甕に入れ、喰らい合わせ、生き残った一匹を蠱となし、人を呪い、殺す。

蠱術を扱う術者を、古より蠱師と呼ぶ。

李玲琳は、皇女でありながら母より蠱術を受け継いだ、蠱師であった。

そして彼女がいるこの庭は、毒草を所狭しと植えた毒草園だ。

蟲を愛《め》で、毒を愛で、蠱術を使う異常な姫――誰もが彼女をそう呼んだ。

腰を抜かして悲鳴を上げる姉たちをよそに、玲琳は自らの腕を這う蜘蛛を見つめる。

「ああ……信じられない……なんて……なんて……なんて可愛いの……!」

思わず口元を押さえ、夢見る乙女の瞳で呟《つぶや》いた。

「ねえ、お前たちもそう思うでしょう?」

目を輝かせて姉たちへ問いかける、姉たちは腰を抜かして震えている。

玲琳は蜘蛛を片手に彼女らへ近づくと、目の前にしゃがみこんだ。

「ねえ、この色艶を見てちょうだい。ぷっくりと膨らんだ腹が黒光りしているでしょう？　なんて美しいのかしら。ほら、触ってもいいのよ。特別に許すわ」

うっとりと言いながら、ぐぐっと姉たちに蜘蛛を寄せる。

「いやあああああ！」「ぎゃあああああ！」「やめてやめてやめて！」

姉たち絶叫。

「騒がしいわね。耳が痛いわ」

玲琳はやれやれと言わんばかりにため息をついて立ち上がる。腕から肩へと逃げるように上ってきた巨大な蜘蛛へ、優しく微笑《ほほえ》みかけた。

「ああ、ごめんね。姦《かしま》しい人間たちに近づけて、驚かせてしまったかしら。ものの分からない愚か者など相手にする必要はないのよ。誰が何と言おうがあなたは美しいわ」

愛《いと》しい相手を見るような眼差しを蜘蛛へと向ける。

蜘蛛はかさかさと足を動かし玲琳の首筋を掻《か》いた。

「ふふ、どのくらい美しいかと聞いているのかしら？　そうね、あなたの瞳は紅玉のようよ。黒光りする体は、闇より黒くて月より輝いているわ。愛らしい足の動きは、まるで舞姫ね。本当に素敵よ。可愛い蠱だわ」

玲琳は肩口の巨大蜘蛛に唇を寄せる。

するとそこへ、草の陰から地を這うモノが現れた。

黒いまだらのある青い蛇。小さな角を生やしている。異形の蛇がしゅるしゅると地面を這い、玲琳の足首へ絡みついた。

続いて草の中からひらりひらりと大きな蛾《が》が舞い現れ、ふっさりとした胸元を突き出して玲琳の頭へとまる。どことなく梟《ふくろう》めいている。

玲琳はそれらを見やり、ふふっと笑う。

「悋気《りんき》はいけないわ。もちろんあなたたちのことも愛しく思っているのだから。みんなみんな、私が造った私の蟲だもの。大好きよ。愛してる」

腰を抜かした姉たちは、次々現れる異形に逐一悲鳴を上げる。

玲琳は冷ややかに彼女らを見下ろした。

「うるさいこと。どうせお前たちにはこの子たちの美しさなど理解できないのだから、初めから私の庭には入ってこなければいいのに。早く出てお行きなさい」

むしろ哀れみすら込めて彼女たちを見やり、玲琳はしっしと追い払う手つきをする。

「す……好きでこんなところに来たわけじゃないわ！」

怯《おび》えていた姉がたちまちかっとなって叫んだ。

「皇帝陛下がお呼びなのよ！　いつものお茶会の時間だわ！」

玲琳は目を見開いてぽんと手を打った。

「ああ、今日だったわね」

「私たちだって、あなたのような異常者を自分から迎えに来るようなことはしたくないわよ！　なんで私たちがあなたなんか！　冗談じゃないわ！　だけど皇帝陛下のご命令なの！　迎えに行きなさいってね!!　仲良くしなさいって言われたのよ！　仕方ないでしょう！」

姉は高貴な女性らしからぬ激しい口調で言い募った。

斎帝国の皇帝は、皇女たちに仲良くするようといつも言いきかせている。ゆえに、本来であれば女官がこなすようなお使いを、皇女たちにさせたりするのだ。

「なるほど、そういうことなの。それでお前たちのような美を解さない者がここへ来たのね。分かったわ。すぐに行く」

玲琳はひらりと手を振り、蟲を毒草園に戻すと、背を向けてその場を立ち去った。

倒れていた女官の葉歌がそこでようやく起き上がり、慌てて主《あるじ》の後を追う。

そんな妹の後ろ姿を、姉たちは射殺さんばかりに睨みつけるのだった。


姉を置き去りにして、玲琳は軽やかに走った。

その様はとても皇女のそれではなかったが、そもそも格好自体が皇女のそれではないのだから、気にするだけ虚《むな》しくなるというものだ。

赤い瓦の大きな屋根に、朱色の柱を何本も備えた広大かつ壮麗な宮殿の片隅に、小さな居室が一つある。そこが玲琳の部屋だった。小さくて飾り気のない部屋だが、きちんと片付けられている。

玲琳はそこへ駆け込み、急いで身支度をする。顔や手を洗い、きれいな着物に着替え、髪を梳《す》き、靴を履き替える。

服装はごく普通の襦裙装《じゆくんそう》。近頃は胸元を大胆に開けた襟が流行《はや》っているらしいが、玲琳が着ているのは一世代前に流行った古臭い丸襟だ。

葉歌が手早く手伝うけれど、そもそも玲琳は一人で身支度をすることに慣れているので一人でも困らない。むしろ、身支度もせず外へ出ることに慣れていた。

あっという間に支度を終えると、玲琳は再び部屋を飛び出し、足早に後宮の最奥へと向かった。

向かった先には後宮から渡り廊下で繋がる小さな建物がある。美しい六角形の建造物で、深紅に塗られた柱が目にも鮮やかだ。外壁に凝った鳥の彫刻が施されたその建物は、斎帝国の皇帝が愛用する茶室である。

斎帝国の皇帝は、毎月この部屋で、皇女たちを集めて茶会を開くのを決まりとしていた。

玲琳が近づくと、控えていた衛士《えいし》が扉を開けた。

小さな扉から玲琳がするりと中へ滑り込むと、中にいた人々が一斉に振り向いた。

円い卓を囲み、十人程の女性たちが椅子に座っている。その全員が、先の皇帝の娘である。血の繋がりがある彼女らの中に、しかし玲琳と母を同じくする者は一人もいない。

近頃流行りの薄絹を重ねて胸元を開けた大胆な衣装に身を包んだ、美しい皇女たちの冷たい視線が玲琳を射た。その中には先程玲琳を呼びに来た三人の姉もいたが、悲しいかな、玲琳はすでに彼女らの顔を忘れていた。

「こちらへ、玲琳」

呼んだのは最も上座におわす人物——斎帝国の皇帝である。

呼ばれた途端、玲琳は頬を鮮やかな牡丹《ぼたん》色に染め、いそいそと皇帝の傍《そば》へ駆け寄った。

「ごきげんよう、お姉様」

玲琳は先代皇帝の第一皇女であり、斎帝国の現皇帝であり、玲琳にとっては腹違いの姉でもある女帝、李彩蘭《さいらん》の傍らへ跪《ひざまず》いた。

玲琳は一度深く頭を垂れ、顔を上げるとキラキラした瞳で姉を見つめる。

「お座りなさいな、玲琳」

ふふと優しく笑い、彩蘭は着座を促す。

玲琳は示された隣の席へ素直に座る。椅子には豪奢な彫刻が施されていた。狭い部屋の設《しつら》えは、どれも凝った細工がなされた一級品ばかりだ。

彩蘭に次いで上座に座った玲琳に、他の姉たちは一瞬表情を険しくする。しかし、それに異を唱える者は一人もいない。この場の掟《おきて》は——否《いな》、斎帝国の掟は彩蘭その人である。彼女が玲琳を隣に座らせたのなら、それに口出しできる者はいない。

「お久しぶりだわ、お姉様」

当の玲琳は他の姉たちの苛立《いらだ》ちなど気にもせず、たった一人のお姉様だけを見ていた。玲琳がこの世で姉と認識している人間は、彩蘭一人だ。

「あらあら、一昨日会ったばかりですよ？」

彩蘭は可笑《おか》しそうにくすくすと笑った。

「そうだったかしら？　だって私はお姉様に会えない時間を、千年のようにも感じていたわ」

玲琳は真顔で答える。彩蘭はまた笑い、白魚のような手でそっと玲琳の頬を撫《な》でた。その優しい手つきに玲琳は目を細める。

「そうですか……そういえば、玲琳。先日わたくしが用意させた宝石は着けていないのですね」

彩蘭は玲琳の姿を上から下まで眺め、ふと思い出したように言った。

「宝石？」

玲琳は撫でられてうっとりしたまま聞き返す。どことなく怠惰な猫めいている。

「あなたも年頃なのですから、もう少し華やかな装いをしてはどうかと思ったのですけれど。せっかく愛らしい顔をしているのですから、もったいないでしょう？」

そのやり取りを見ていた姉たちの気配がピリッとする。

気持ち悪い異常者、汚らわしい蠱師、蟲を愛でる姫――などと呼んで蔑む一番下の妹が、実はずば抜けて美しい容姿をしていることを、その場の全員が知っている。泥を落としてみれば、自分たちより遥《はる》かに美しい皇女がそこにいるのだ。地味な装いなどものともしない美姫。それがまた姉たちの苛立ちを掻き立てるのだと、玲琳は知らないどころか興味もない。

「あの宝石ならもう使ったわ」

玲琳はさらりと答えた。

「え？　どこにです？」

彩蘭はまじまじと玲琳を見やる。玲琳の姿に宝石の輝きは見つからない。

「砕いて蟲に喰わせたわ」

その場の一同絶句。玲琳は、ぱあっと顔を明るくする。

「そのおかげでとても素敵な蠱が生まれたのよ。とても強い毒を持った素敵な蠱なの。お姉様にも見せて差し上げたいわ」

生き生きと語る玲琳を無言で見やり、ややあって彩蘭はふわりと微笑んだ。

「役に立ってよかったですね。けれど、宝石はあなた自身を飾ることに使ってもいいのではありませんか？　せっかくあなたは美しいのですから」

「彩蘭お姉様の方が美しいわ」

玲琳は即答した。

「お姉様はこの世で一番美しいわ」

それこそが世界の真理だと言わんばかりに断言する。玲琳は心底そう思っていたし、実際彩蘭はこの世のものとは思えぬほど美しい女帝であった。あと三年で三十に手が届くが、年齢不詳な艶《つや》めく美貌。

玲琳はその姉に引けを取らぬ美貌を持ちながら、姉と自分の容姿を比べたことは一度もなかった。そもそも自分の容姿に関心がないのである。

「お姉様の美しさを見ていられればそれでいいの。鏡がなければ見えない自分の姿形になんて興味ないもの」

というかそもそも、李玲琳は人間の姿形に全く関心がないのだった。

玲琳の言葉に、周りの姉たちがまたぴりつく。

「いくら小綺麗にしたところで、蠱師には嫁ぎ先などないでしょうね！」

苛立ちの溢《あふ》れた姉の一人が、不意に言った。

「可哀想《かわいそう》な玲琳。私たちならいくらでも嫁ぎ先があるけれど……汚らわしい母親のもとに生まれたせいで、誰にも相手にされず生きていくのよ。蠱師を娶《めと》りたい殿方などいるはずがないもの。仮に嫁ぎ先が見つかったとしても、身分卑しい男に違いないわ。恥ずかしいこと」

周りの姉たちも同調するように侮蔑の笑みを浮かべる。

彼女らの頭に、蠱師である玲琳の母が皇帝の側室になったという事実は記録されていないようだ。

彩蘭はそんな妹たちをいつも通り優しげな眼差しで見やり、玲琳に向き直った。

「ねえ、玲琳。あなたはわたくしの傍にいないと寂しいのでしょうね？」

玲琳は問いの意図を解さず一度首を傾《かし》げ、ゆっくり深く頷《うなず》いた。

「ええ、もちろんだわ、お姉様」

「そうですか……実はね、玲琳。あなたの嫁ぎ先が決まりました。あなたには魁《かい》国へお嫁に行ってもらいたいのです」

たちまち、場が凍り付いた。

全員が啞然《あぜん》として固まり、言われた玲琳も大きく目を見開いて凍っている。

魁国は斎帝国の北に接する新興国で、戦を繰り返し力をつけてきた国だ。しかしながら大陸にその名を轟《とどろ》かす強大な斎帝国に比べれば、僻地《へきち》の蛮族と侮られている。

「分かりましたね？」

彩蘭は優しい微笑みを絶やすことなく、傍らに座る玲琳の手を握った。

玲琳はゆっくりと解凍し、視線を左右に彷徨《さまよ》わせて数拍思案し――

「他国へ嫁げとおっしゃるの？　そうしたら、私はもうお姉様に会えなくなる？」

「そうですね、今までのようには会えないでしょうね」

「……私はお姉様がこの世で一番好きだわ。お姉様が傍にいないと寂しいわ。そんな私を、お姉様は遠い異国へやろうとおっしゃるの？」

玲琳は真顔で、真《ま》っ直《す》ぐな瞳で、最愛の姉を見つめた。

それでも彩蘭の柔らかな微笑みは揺らがなかった。

「ええ、そう言っていますよ」

「私を政《まつりごと》の道具になさるの？」

「ええ、そうです」

彩蘭の答えに一切の迷いはない。

茶室の中に、冷たい沈黙が下りた。玲琳はじっと姉を見つめ、うっとりと微笑んだ。

「ああ……やっぱりお姉様は私のお姉様だわ」

甘い吐息を漏らし、隣に座る姉の肩に頬を寄せる。

「お姉様のそういうところが好きよ。いいわ、私、魁国へ行くわ」

「ありがとう、玲琳。あなたの幸福をわたくしはいつでも願っていますよ」

身を寄せ合って笑い合う彼女らを見て、他の皇女たちは唖然とするばかりだった。


茶会を終えて退室すると、玲琳はすぐさま蟲たちの待つ庭へ戻ろうとした。玲琳は一日の大半をそこで過ごしている。

しかし駆けだす前に呼び止められた。

「玲琳、あなた本当に魁国へ行くおつもり？」

振り返ると姉の一人が不快そうな顔で玲琳を睨んでいた。もっとも、玲琳は彼女が誰だか覚えてはいなかったが。

「ええ、彩蘭お姉様が望むならどこへでも」

玲琳は奇妙に優雅なしぐさで肩をすくめてみせる。

「お姉様はどうかしているわ！　あなたのような気味の悪い娘を他国の妃《きさき》にしようだなんて！」

姉は怒鳴るように吐き捨てると、頬を引きつらせて笑いだした。

「ああでも……あなたには他に嫁ぎ先なんてないでしょうからね。あんな田舎の貧しい国に嫁ぐなんて、きっと私たちには耐えられないもの。野蛮な新興国の王に嫁いだりしたら、何をされるか分からないわ。みじめな暮らしを強いられるかも。だからお姉様は私たちを気遣って、あなたを嫁がせようとしてるのね。きっとそうよ。あなたが望まれて選ばれたわけじゃないわ。お姉様はお優しいから私たちを守ってくださったのよ！」

神経質そうに言い放つ姉を不思議そうに見やり、玲琳はふっと笑った。

「あなたは彩蘭お姉様のこと、何も分かっていないのね」

「何よ、どういう意味？」

「いいわ、分からなくて。お姉様のことは、私だけが分かっていればいいのよ」

ふふっと軽やかに笑いながら、玲琳は踵《きびす》を返した。

「お姉様がお姉様である限り、私は何だって言うことを聞くわ。お姉様が望むなら、蛮族の王に嫁ぐなんて何でもないことよ」

ひらりと裾を翻し、玲琳は姉を置き去りにして歩き出した。

第一章

　玲琳が魁国へ嫁いだのは、それから半年後の秋のことだった。

　金糸と銀糸で刺繡《ししゅう》された赤い絹を幾重にも重ねた、豪奢な花嫁衣装を身にまとい、唇と頰に紅をさして、眉を描き、額には花鈿《かでん》を貼る。慣れぬ格好をした玲琳は、居心地の悪い馬車に押し込められて、ゆっくりと馬に引かれて旅立った。

　連なる馬車が運ぶのは、数えきれないほどの花嫁道具である。

『どこへ行こうと、あなたはわたくしの妹ですよ』

別れ際に彩蘭は言った。その言葉は玲琳の胸に染み、温かくどろりとしたものになって身の内を満たしている。

　車外では輿《こし》入れの行列を見ようと都の人々が列をなしていたが、その歓声など耳にも入れず、玲琳は馬車の中でごろりと寝そべった。

「姫様、お行儀が悪いですわ」

　ぴしゃりと咎《とが》めたのは玲琳付き女官の葉歌である。なんと彼女も、玲琳とともに魁国へ赴くこととなったのだった。

葉歌は緊張しているのか、ずいぶんピリピリした様子である。魁国へ行くのが嫌なのかもしれない。生まれ故郷を離れて異国へ行くというのは、きっと不安なことなのだろう。

そう思うと、玲琳は何やら葉歌が気の毒に思えてきた。

「悪かったわね、葉歌。私に付き合わせて」

玲琳は寝転がったまま謝った。

「あはははは、何を今さら。どうせ私の人生なんて、姫様にお仕えした時点で詰んでるんですよ。素敵な殿方に見初められて退職して幸せに暮らすなんて無理なんですよ。分かってますよ」

一息に言い、ひきつった笑みを浮かべる。

「だから悪かったと言っているじゃないの」

葉歌が玲琳付きの女官になって三年が経《た》つ。こんな評判の悪い皇女に仕えなくてはならなかったとは気の毒なことだが、それを決めたのは女帝彩蘭だ。諦めてもらうしかない。

毎日ため息を吐《つ》きながらも世話をしてくれている葉歌に、玲琳はこれでも一応感謝しているのだ。

「国が変わると暮らしも変わるかしら？　お前が嫁に行けなくなるようなことがなければいいのだけど」

玲琳は起き上がりながらそう言った。すると葉歌は愕然《がくぜん》とした顔になる。

「嫁に行けないとか不吉なこと言うのやめてくださいよおおお!!」

悲鳴を上げて頭を抱えた。玲琳はやれやれと息をつく。

「この私ですら嫁ぎ先があるのだから、お前だって良い縁があるでしょうよ」

玲琳が言うと、葉歌はそれが癇《かん》に障ったのか、じっとりとした目で玲琳を見た。

「……私のことなんか放っておいてくださいまし。大事なのは姫様の方じゃありませんか。姫様はご自分を分かってらっしゃいます？　蟲愛でる姫と呼ばれた蟲師のあなたですよ？　言っておきますけどね、あなたは自分が自覚するより十倍変人ですからね!?　うっかり魁国王の不興を買ってしまったらどうするんです？　そうならないためにも、きちんと勉強しておいてくださいな」

葉歌はきつく眉根を寄せて、手近な荷物の中から一冊の書物を取り出した。

それが何かをすぐに察し、玲琳はげんなりする。

「もう読んだわ」

「復習しておいてください。大事な大事な夜の作法なんですから！」

葉歌は無理やり玲琳に書物を渡した。

玲琳がため息まじりにぱらりとめくれば、中には挿絵と解説があれやこれやと書かれているのだった。

「姫様、あなたは黙ってじっとしていれば美人です！　黙ってじっとしていれば！　動いてしゃべってしまえばもうダメですけど、黙ってじっとしていれば！　それに夜の作法が加われば、魁国王だってなんとかどうにかかろうじて、騙《だま》せないことはないかもしれないかも！　ですからちゃんと復習を！」

葉歌は拳を固めて力説する。

「お前……無礼ね」

さすがの玲琳もむっとした。

「言っておくけれど、私が変わっているのじゃなくて、お前たちが変わっているのよ。私はいたって普通よ」

常日頃思っていることをきっぱりと言う。誰も彼も玲琳をおかしいと言うが、玲琳からすればみんながおかしい。

しかし葉歌は玲琳の訴えなどさらりと流して書物を突き出す。

「あなたが普通だったらこの世は終わりですよ。たわけたこと言ってないで、もう一度読んでくださいまし」

「だって、あまり面白くないのだもの」

ふんと鼻を鳴らして、玲琳は書物を放った。

「ああ……こんな調子で無事に婚礼が済むのでしょうか……姫様が魁の王に気に入られれば、そのつてで私にも良い殿方を紹介してもらえるかもしれないのに……」

粗末に扱われた書物を見やり、葉歌は顔を覆って嘆く。

玲琳は半ば呆《あき》れた。

「私、お前のそういうところ好きよ」

欲望を隠さぬその姿勢は天晴《あっぱ》れですらある。呆れを通り越して感心した。

「お姉様が女神だとしたら、お前のことは普通の人間くらいに好きだわ」

「そんな言葉いりませんから、素敵な殿方と出会わせてくださいよ」

車中に葉歌の悲愴な声が響き渡る。

玲琳はやれやれと放り投げた書物を手に取ったのだった。


斎帝国の都から魁国へ行くまで半月を要した。

馬車に揺られての旅の途中、玲琳は道端に生える草や飛び跳ねる蛙《かえる》を見つけるたびに馬車を飛び降りそうになったが、葉歌に全て止められた。あまりにも退屈で疲れてしまう。思えば物心ついたころから、こんなに長い旅をしたことはなかったのだ。

酷く疲弊して馬車を降りると、目の前には武骨な印象の建物がそびえていた。

鮮やかな赤に彩られた斎帝国の宮殿とは全く違う、色味の地味な石造りの建物だ。

周りには、出迎えの女官たちがずらりと並んで道を作っていたが、彼女たちの纏う襦裙装も、やはり斎帝国とは全く違う。なんとも味気のない色合いである。

彼女たちを見て、玲琳は目を見張った。そこに並ぶ女官たちはみな、玲琳より遥かに背が高かったのだ。

玲琳の背が低いわけではない。斎帝国ではごく平均的な身長だった。

玲琳の背後に立つ葉歌も、玲琳とさほど背は変わらない。圧迫感を覚えたのか、葉歌は大きな人々を見て緊張した顔をしている。

玲琳は珍獣の群れに紛れ込んだような心地で、しげしげと辺りを見回した。

――斎とは何もかも違うんだわ――

そんなことを考えていると、ほのかな匂いが鼻をくすぐり、玲琳は目を閉じた。顔を上げてくんと鼻を鳴らす。嗅いだことのない緑の匂いが胸を満たした。故郷ではほとんど嗅ぐことのできない香りだ。斎帝国の後宮はいつも様々な香《こう》を焚《た》きしめてあり、緑の匂いが割って入る隙はなかった。

目を閉じたまま何度も何度も深呼吸し、内側を満たすと、玲琳は満足してそっと目を開ける。途端、ぎょっとして身を固くした。

目の前に見知らぬ男が立っていた。深呼吸する玲琳を、間近で不思議そうに眺めているのである。

背が高く端整な顔立ちをしたその男は、玲琳と目が合いにこりとした。

「お前は誰？」

玲琳はぱちぱちと瞬きして問う。

居丈高な物言いが意外だったのか、男は少し驚いた顔をし、ふっと笑う。

「楊鍠牙《ようこうが》」

ごく短く名乗る。玲琳は更にぱしぱしと高速で瞬《また》いた。

「私が嫁ぐ相手の名前ね」

「だろうな、あなたが嫁ぐ相手は俺だから」

男――鍠牙は、ははは と笑った。

途端、玲琳の背筋はぞくりとした。それは奇妙な感覚で、今まで経験したこともないような不思議な感覚だった。

その感覚に取り付かれ、玲琳は鍠牙をまじまじと見つめた。国王がなぜこんなところをふらふら歩いているのかとか、婚礼前に花婿が花嫁と出会うのはおかしいとか、そんなことは考えなかった。

ただ、ふとした疑問が口をついて出た。

「お前は──私のために金を使ってくれる男かしら？」

いきなりのその問いに、周囲の全員が仰天し、背後の葉歌は白目をむきかける。

鍠牙も大きく目を見開いて玲琳を見下ろしている。玲琳は至極真面目であった。

「私の母は言ったわ。お前はまともに恋などすまいが、万が一にも縁があったら、お前のために金を使ってくれる男を選びなさい。愛や恋を求めたところで、お前を好きになる男などいるわけがないのだから──と。お前は、私のために金を使ってくれるかしら？」

背後に控えていた葉歌が叫んだ。

「何言ってるんですか、姫様ああああ！」

彼女は慌てて玲琳の口を塞ごうとする。が、玲琳は葉歌の手を振り払った。

「私は斎の女帝李彩蘭から、ほしいものはすべて与えられてきたわ。私を妃にするお前は、お姉様と同じだけのものを私に与えてくれる男かしら？」

玲琳にとって、これは極めて純粋かつ重要な問いであった。

「私はとても金のかかる女なの」

堂々と言い切って相手を見上げると、鍠牙は不思議そうに首をひねった。

「何を買うつもりだ？　新しい衣や宝石でも欲しいか？」

玲琳は少し考え、軽く腕を振った。すると、着物の袖からぬるりと顔をのぞかせるものがいた。

　玲琳はそれを鍠牙の前に突き出した。鍠牙は目を見張って固まる。周囲の人々はそれを見て悲鳴を上げた。

「ひいっ……！」「きゃあああああ！」「やだやだやだ！　何あれ!!」

　阿鼻《あび》叫喚《きょうかん》である。

　玲琳の白く小さな手にのっているのは、どくどくと脈打つ血管が鱗《うろこ》の上に浮き出た気味の悪い蛇だった。正視に堪えぬおぞましさを放っている。

「私は蠱師よ」

　玲琳は淡々と告げた。

「……は？」

　聞き返した鍠牙の声が一瞬低くなる。

「今何と言った？」

「私は蠱師だと言ったわ。蠱術にはとてもお金がかかるの」

　玲琳がそう名乗った途端、辺りはざわついた。

「蠱師……!?」「嘘《うそ》でしょ、斎の皇女が蠱師？」「いったいどういうこと？」

　驚くのも無理はない。蠱師とは、蠱術を用いて人を呪い殺す術者のことだ。人殺しであり犯罪者だ。大帝国の皇女が蠱師だなどということは、普通ならありえぬことなのだ。

「蠱毒が好きなの。物心ついた時からずっとよ。愛しているといってもいいくらい。持ってきた嫁入り道具のほとんどは蠱だわ。今後も増やさなくてはいけないし、世話をするのだってとてもお金がかかるの」

玲琳は蛇蠱《だこ》の背に口づける。周りの人は化け物を見るような目で仰《の》け反《ぞ》る。今まではその全てを彩蘭が用立ててくれた。彩蘭は玲琳がほしがるものなら何でも与えてくれたのだ。

鍠牙は玲琳をじっと見つめていたが、突如弾けるように笑い出した。あまりに突然で、玲琳はびくっとした。

鍠牙はひとしきり笑い、玲琳を観察するように眺め、ぽつりと言った。

「どうやら本当らしいな。あなたが毒の姫と呼ばれているのは」

「あら、よく知っていたわね」

玲琳はあっさり肯定する。とはいえ、毒の姫とは玲琳の異称の一つでしかない。

そんな玲琳の背後で、葉歌があたふた言い繕おうとしているが、その前に鍠牙が言葉を重ねた。

「毒の姫などと呼ばれているからどれほど恐ろしい姫かと思えば、実物はずいぶん愛らしい姫君だ。それにずいぶん小さいな。斎帝国の女人は皆そうなのか？」

「確かにお前たちに比べれば小さいけれど、子供ではないわ。それに、私は黙ってじっとしていれば美人なのだそうよ」

その返しに鍠牙は目を丸くし、また笑う。

背後の葉歌が、「分かってるなら黙っててくださいよ！」と小さく言った。

「私、変なことを言ったかしら？」

「いや……面白いな。うん、あなたはずいぶん面白い。気に入った」

鍠牙は始終可笑しそうに笑っている。

その表情に、玲琳の背筋はまたぞくぞくとした。

おたおたしている葉歌をよそに、二人が見つめ合っていると——

「陛下！　こんなところで何をなさっているんですか！　婚礼の支度の途中ですぞ！」

王の側仕《そばづか》えと思《おぼ》しき男が数人駆けてきた。

「ああ、悪いな。花嫁に少し興味があっただけだ」

鍠牙は鷹揚《おうよう》に笑い、駆けてきた男たちに歩み寄る。

「では、また後でな」

ひらりと一つ手を振ると、鍠牙は玲琳に背を向けて立ち去った。

玲琳は彼の背から目を離すことができなかった。

婚礼は魁国の様式に則《のっと》って行われた。

玲琳の纏う白地に青の刺繍を施された婚礼衣装も、祖国の真っ赤な婚礼衣装とは全く違っていた。

宴《うたげ》を催すような広間に家臣がずらりと集まり、神官らしき人物の唱える祈りの言葉を聞きながら、全員が新郎新婦を見つめている。

一段高い場所に座し、玲琳は何が何やら分からぬまま婚礼を終えた。

目まぐるしく一日が過ぎ去り、あっという間に日が落ちる。

魁国の女官たちが、婚礼を終えてくたびれた玲琳を部屋へ案内した。

「今宵《こよい》から、お妃様にはこちらの部屋で過ごしていただきます」

女官たちが玲琳を通した部屋は、他の簡素な部屋と違いひときわ色鮮やかに設えられていた。

どことなく斎帝国を思わせる華美な机や引き出し、寝台。もしかすると、玲琳のために斎国風の設えをしてくれたのかもしれない。もっとも、祖国で地味な部屋に住んでいた玲琳には華やかすぎるように思われたが……

「後ほど国王陛下がお渡りになります」

女官たちはそう告げると、品よく礼をして部屋を後にする。

一瞬、何をしに？　と思ってしまった玲琳だったが、考えずとも分かることだ。

――つまり、今こそあの書物の出番ということよね――

などと考え、いつの間にか手際よく引き出しに仕舞《しま》われていた荷物の中から、例の書物を探し出した。寝台にごろりと寝そべり、何げなく中を眺める。その内容はやはり退屈で、玲琳は一つ大きなあくびをした。

――困ったわね、早く来てくれないと眠ってしまうわ。明日は起きたら、蟲たちにごはんをあげなくては。何日もあげていないから、きっとお腹《なか》をすかせているはずよね――

玲琳が睡魔と闘っていたその時、

「国王陛下のお渡りです」

部屋の戸が開かれ、そう告げられると、魁国王楊鍠牙が部屋に入ってきた。

扉はすぐに閉められ、燭台《しよくだい》に灯《とも》された薄明かりの中、玲琳と鍠牙は二人きりになった。

鍠牙は寝台に腹ばいで寝そべる玲琳を見て、一瞬驚いた顔をした。

驚かれても、こういう場合どういう姿勢で待っていればいいのか玲琳はよく分からないし、疲れているのだから寝そべるくらいで文句を言うなと言いたい。

そう思いながら、玲琳は体を起こして寝台に腰かけた。

すると鍠牙はゆったりした足取りで近づき、玲琳の隣に腰を下ろした。寝台がわずかにきしむ。

「疲れなかったか？」

　労るように聞かれ、玲琳はふと、自分の夫は何歳なのだろうかと考えた。相手に興味がなさ過ぎて、名前以外何も知らない。

「疲れたわ。ところでお前の歳《とし》はいくつだったかしら？」

「二十五だ。あなたよりちょうど十歳上だな」

「よく知っているわね」

　というか、知らない方がどうかしている。

　玲琳は傍らに座る夫をじっと見つめた。

　何故《なぜ》だろうか、彼を見つめているとやはりぞわぞわと奇妙な感覚がする。対する鍠牙は、珍しい生き物を見るような目で玲琳を見ていた。

　玲琳はふと不思議に思って首を傾げた。

「お前は、モテない男なのかしら？」

「何だ？　急に」

「一国の王が二十五になるまで独り身だったことを少し不思議に思ったの」

「ああ……」

そこで鍠牙は迷うように視線を逸《そ》らした。数拍おき、ぽつりと言う。

「許嫁《いいなずけ》はいた。従姉《いとこ》だった」

「そう？　何故結婚しなかったの？」

「死んだからだ。もう十年近く前にな」

「ああ、そうだったの」

玲琳は納得してこの話をやめた。許嫁がいたと聞いても別段感情が波立つようなことはなかった。今日初めて会った夫の過去に、玲琳はさして関心がない。

ただ、どうしてだろう？　この男を見ていると胸の内がざわつく。

「ねえ、お前に触ってもいいかしら？」

奇妙な感覚の正体を求めて、玲琳はそう請うた。

唐突な要請だったが、鍠牙は軽く笑い声を立てて頷いた。

「ああ、どうぞ」

許可を得て、玲琳は彼に手を伸ばした。そっと頰に指を這わせると、張りのある肌が指を押し返した。

真剣な顔で肌を撫でていると、鍠牙が不意に苦笑した。

「困ったな」

「何が？」

玲琳は一旦手を止めて聞き返す。

「怒らないでほしいんだが、正直――あなたは子供にしか見えない」

「それに何か問題が？」

玲琳は鍠牙の頬を両手で挟み、顔を近づけて観察しながら更に聞いた。

鍠牙はますます困った顔になる。

「あまり手を出す気になれない」

ようやく言わんとすることを解し、玲琳はぱちくりと瞬きした。

「それはお前に頑張ってもらうしかないわ。斎の皇女の一人は十二で嫁いで翌年には子を産んでいたわよ。そもそもお前たちが老けているのであって、私が幼く見えるわけではないもの」

実際玲琳は、特別背が低いわけでも童顔というわけでもない。単純な土地柄の違いだ。とはいえ、実際十も歳が違うのだから仕方ないことだろうか。

「私、どうしたらお前を誘惑できるかしら？　生まれてこの方、男の気を引こうとしたことがないのよ。やり方が分からないわ」

例の書物にも男の気を引く方法などは書いてなかったように思う。

「そもそも……男に触るのが初めてよ。お父様に触ったことすらなかったもの」

「父親にも？」

「ええ、お父様は私に興味がなかったのよ」

「……あなたの父親の噂は、それなりにここへも届いていたがな」

鎧牙はふと含みのある物言いをした。彼が何を言いたいのかすぐに分かり、玲琳は首をかしげる。

「酒と女に溺れた愚帝？」

玲琳が小馬鹿にするような薄笑いで聞き返すと、鎧牙も微苦笑を返してきた。

「まあ色々だ」

「そうね、お父様はそういう人間だったわ。私が知る人間の中でもかなり頭の悪い部類ね。だからお姉様が皇帝になったのよ。おかげで斎も私も救われたわ」

玲琳は姉の彩蘭が即位したときのことを思い出した。

本来であれば兄が即位するはずだった。跡継ぎ候補の兄たちをすべて排し、彼女は皇帝の座についたのだ。そうして彩蘭は傾きかけた斎を立て直した。

「お姉様は私の味方よ。だから私もお姉様の味方」

「斎の女帝はあなたに好意的だった？」

「ええ、お姉様はいつも私を抱きしめてくださったわ。私に平気で触れる人間はお姉様だけ」

玲琳はぱっと表情を輝かせた。彩蘭のことを話すのが、玲琳は一番嬉《うれ》しい。黙ってじっとしていれば美人――と、女官の葉歌に言わしめた花の笑みを浮かべる。

鍠牙は玲琳に頬を挟まれたまま、かすかに首を傾けた。

「あなたの母君は？　生きていた頃、あなたを抱きしめてはくれなかった？」

「お母様が亡くなったことを知っているのね。そうねえ……お母様は……何というか、少し変わった人だったのよ。抱きしめられたことはないと思うわ。それにお母様は、とても厳しい人だったから」

それでも、母は玲琳に様々なことを教えてくれた蠱術の師だ。

「私を抱きしめてくれたのはお姉様だけね。私は他の人間からずいぶん嫌われていたものだから。お姉様以外の人に触るのは本当に久しぶり」

その言葉に、彼の眉は一瞬ぴくりと反応した。

「あなたの悪評もまあ、それなりに聞いているがな」

「ええ、評判はすこぶる悪かったわ。頭の悪い姉たちは、みんな私を嫌っていたもの。人を殴る暇があれば、知恵の一つでもつければいいでしょうにね」

さらりと深刻なことを言った玲琳に、鍠牙は胡乱《うろん》なものを見るような顔をした。

「……そこまでされて、何故今でも蠱毒にこだわる？　蠱師などやめようと思わないのか？」

全く理解できないという様子だ。玲琳は真顔で首を振った。

「愚問だわ。お前だって、小石に躓《つまず》いて転ぶことはあるでしょう？　転ぶと痛いわね？　怪我《けが》をすることもあるわね？　だからといって、歩くことをやめはしないでしょう？　その程度のことよ。分かるかしら？」

そう締めくくると、鍠牙は唖然としてしばし放心し、小さく笑った。

「斎の女帝はずいぶんおかしな皇女を寄越《よこ》したものだ」

おかしなと言われて玲琳はふくれっ面になる。

「おかしな皇女って……無礼ね、お前は。私はおかしくなどないわ。普通よ。それに私が嫁ぐのはお姉様が決めたことなのだから、お前が私の幼さに不満を持っても、言動が気に食わなくても、諦めなさい」

玲琳はずっと鍠牙の頬を両手で挟んだまま、彼を睨みつける。

鍠牙は不意に視線を動かし、思案する様子を見せた。何かすごい速さで思考を巡らせているように思えた。

ややあって、鍠牙は玲琳の目を見返してきた。そして唐突に言った。

「斎の女帝は頭が悪いんじゃないのか？」

「……何ですって？」

玲琳は一瞬硬直し、聞き間違いかと疑った。

「李彩蘭は頭が悪いんじゃないかと言ったんだ」

今度こそ確かにはっきりと理解し、玲琳は完全に固まる。

鎧牙はなおも言う。

「この国に斎帝国ほどの資金はない。あなたが満足するだけのものを与えてやるのは困難だ。李彩蘭はそれを分かっていただろうに、何故あなたをこの国へ寄越したのか理解に苦しむ。まあ、これも何かの縁だから、あなたを追い返したりは……」

次の瞬間、玲琳は鎧牙の頬を押さえる手に力を込め、彼の鼻へ思い切り頭突きした。

衝撃と痛みで仰け反った鎧牙を、玲琳は寝台から力任せに蹴落とす。

鎧牙は鼻を押さえながら涙目で玲琳を見上げた。玲琳は寝台の上に立ち上がり、鎧牙を見下ろす。彼の歯が当たって切れたのか、額から一筋血が流れた。

「蛮族の王ごときが……私のお姉様を愚弄するつもり？　殺すわよ」

ぞっとするような声で、玲琳ははっきりと殺意を口にする。しかし鎧牙は自分の意見を翻さなかった。

「何度でも言うが、あなたの姉は少し思慮が足りないと思うぞ」

再び言われ、玲琳は爪が手のひらに刺さるほど強く拳を握った。怒りのあまり目の前が真っ赤に染まる。ふと、枕元に置いていた書物が目に入り、玲琳はそれを床へ放り投げた。

「勉強したことが無駄になったわ。覚えたことを使う機会はどうやらなさそうよ。もういらないから持って行きなさい」

床に落ちた書物は弾みで開き、中に描かれた挿絵があらわになる。鼻を押さえた鍠牙がぎょっとして目をむいた。

「今すぐ出ていきなさい。そして二度とこの部屋へ入ってこないで。今度勝手に入ったら殺すわ。できないと思うなら試してみるといい」

そのとき彼は、蠱師の恐ろしさを知ることになるだろう。

玲琳は静かに入り口を指した。

鍠牙はゆっくり立ち上がり、やれやれとため息をついた。

「お互いに、少し頭を冷やした方がいいな」

そう言って、ほんの一瞬満足そうな笑みを浮かべる。まるで自分の企《たくら》みが成功したかのような――。その一瞬を玲琳は見逃さなかった。

彼はもう用などないとばかりに踵を返した。

鍠牙が退室すると、部屋の中はしんと静まり返る。玲琳はぎりっと歯噛《はが》みし、枕を壁に向かって投げつけた。

そうして魁国王と王妃の初夜は終わった。

「はあああああ!?」

翌朝、昨夜の事情を聞いた葉歌は素っ頓狂な声を上げた。

「じょ、冗談ですよね。冗談だと言ってください！　お妃様！」

婚礼以降、葉歌は玲琳をお妃様と呼ぶようになった。

「私は冗談など言わないわ」

「なんで!?　夫を寝所から追い出すなんて、何が気に入らなかったんですか!?　魁の王様はかなりの美丈夫だし、女性ならきゅんとするでしょう!?　せっかく嫁いだんですから、夫に恋してみればいいじゃないですか！」

葉歌は鬼のような形相で詰め寄る。

自室で着替えながら、玲琳は葉歌を睨み返した。

「私にそういうのを期待されても困るわ」

そもそも玲琳は、恋というものを今まで一度もしたことがない。恋というものに関心を抱いたこともない。姉たちがきゃあきゃあ言っている人気の恋愛劇などは、見ていると眠くなってしまう。

――恋ってきっと、才能でするものなのよね。私にはその才能がないのだわ――

玲琳はそう認識していた。母の言葉は正しい。

「残念だけれど、恋心を抱くどころか嫌悪の情を抱いたということよ。どうやら私は、あの男を大嫌いになったらしいわ」

昨夜のことを思い返すだけではらわたが煮えくり返る。

あろうことか、あの男は彩蘭を愚弄した。それだけで、死ぬまで嫌い続けるに十分なのだった。

葉歌はめまいでも起こしたみたいに頭を押さえた。

「じゃあお妃様は、このままずっと魁国王と心を通わすつもりはないと?」

「あるわけがないわ」

冷たい目で即答。

「あああ……なんてこと……」

葉歌は絶望を音に変えて吐き出した。

「それじゃあ、これからいったいどうするんです?」

彼女の言う「どう」という言葉には、色々な意味が含まれていたに違いない。

玲琳はしばし思案し、答えを出す。

「嫁いだからといって人間が変わるわけではないわ。私は今まで通りに過ごすだけよ」

「あははは……今まで通り……」

葉歌の乾いた笑い声が室内に響いた。

そこへ、魁の女官が茶を運んできた。上品な仕草で卓に置くと、静々退室する。

「へえ……魁には朝食前に茶を飲む習慣があるのね」

玲琳は打ちひしがれる葉歌を無視して、運ばれてきた茶を興味深く手に取った。

茶碗《ちゃわん》に口をつけ、花の香かする茶を一口含んで味を確かめ、顔をしかめる。

「……魁にはずいぶん変わった茶を飲む習慣があるのねえ」

眉をひそめてそう呟いた。

その日の昼にはもう、昨夜の出来事は後宮中に広まっていた。

「ねえ、聞いた？　お妃様の話」

「聞いたわ。初夜を嫌がって陛下を部屋から追い出したって」

女官たちはひそひそと噂し合う。

「もしかして、祖国に想《おも》い人でもいたんじゃない？」

「信じられない。陛下になら一夜でもいいからお仕えしたいと思う女官が、この後宮にどれだけいると思ってるのよ」

「大国の皇女は、こんな田舎に嫁いだのが不満なんじゃない？」

そう言葉にしてしまうと、女官たちはますます不愉快になった。そもそも、大国から嫁いでくる皇女に良い感情を持っていた者が少ないのだ。

見下されるのではないか。泣かれるのではないか。わがままを言われるのではないか。あれこれ不安に思っていた気持ちが初夜の一件で爆発し、玲琳の評判はあっという間に地に落ちた。

一方、そんなことなど知らぬ玲琳は、いつも通りの行動をしようとする。嫁入り道具を開封し、庭園へと繰り出したのだ。

それから数時間後——

「ねえ、私は夢を見てるのかな？」

魁国の後宮に仕える女官が、後宮の庭園を眺めて呟いた。

「あ、奇遇ね。私も今同じこと考えてたわ。ねえ……あれは何？」

女官たちが怪訝《けげん》な目で見やる先に、鍬《くわ》をふるう玲琳の姿があった。

国王の妃が、土を耕している。どう控えめに見積もっても異常事態である。

そしてその傍には、大量の木箱が置かれているのだ。木箱の中からは、ガサゴソと不穏な音が漏れ聞こえている。

女官たちはお互い顔を見合わせた。

「今朝からずっと思ってたんだけど、言っていい？」

「どうぞ」

「あのお妃様……ちょっとおかしいんじゃない？」

「あ、奇遇ね。私も今同じこと考えてたわ」

女官たちが同じ意見に至ったところで、玲琳がぐるりと振り返った。女官たちは奇怪な妃にびくりとする。

「ねえ、水はどこで汲《く》めるかしら」

玲琳は額を流れる汗を手の甲で拭いながらそう聞いた。

「え、水ですか？　汲んで参りましょうか？」

「いいえ、私が植えたものには私が水をやるわ」

「そ、そうですか……あの、お妃様」

「何かしら？」

「ええと、その……何をしていらっしゃるんですか？」

躊躇《ためら》いがちに聞く女官に、玲琳はさらりと答えた。

「毒を植えているのよ」

瞬間、その場の時が停止する。女官たちは瞬きもせず固まった。自分たちの耳がおかしくなったかと疑ったに違いない。

「すみません、聞き間違えました。ええと、何を植えているんですか？」

「毒よ。毒を植えているの。斎から持ってきた嫁入り道具だわ」

「……は？　はあ!?　な、何故です？」

女官たちは目を白黒させて聞き返す。

「何故って……これは私の蟲たちのごはんなの。あの子たちは毒を食べて育つのよ」

そこで玲琳は、一番いい笑みを浮かべてみせた。

「蟲というのは毒の結晶なのよ。ここを一面毒畑にして、たくさんの蟲を育てたいわ」

うっとりとその光景に想いを馳《は》せる。

女官たちはぞっとしたように青ざめて絶句する。まるで異常者を見るかのような眼差し。

しかし、玲琳は人からそういう視線を向けられることに慣れていた。もう十五年も、祖国でそういう視線に晒《さら》されて生きてきたのだ。

異常者と言われ、気持ち悪いと言われ、毛嫌いされ、時に殴られもした。

玲琳が毒を愛でることを喜んだのはこの世でただ一人――李彩蘭ただ一人だけだ。

そんな姉を侮辱した鍠牙を、どうして玲琳が許すだろう。

世界が玲琳の敵になっても、お姉様が許してくれるならそれでいい。

だから目の前の女官たちが嫌悪の表情を浮かべたところで、痛くもかゆくもありはしない。それどころか、目を輝かせて女官たちに詰め寄った。

「私の蟲を見せてあげるわ。とても美しいわよ」

「ひいっ……いえいえいえ！　とんでもありません！」

女官たちはぶんぶんと首を振り、これ以上付き合えないといった様子で逃げるように立ち去った。

玲琳は肩を落とす。

「この後宮も同じなのね。蟲の良さが分からないなんて……」

呟くと、木箱の中から聞こえるカサコソと蠢《うごめ》く音が大きくなった。

玲琳は木箱の山に駆け寄り跪く。

「心配しなくても大丈夫よ。あなたたちのことは私が守ってあげるからね。すぐにこの庭を毒でいっぱいにしてみせるわ。お腹いっぱい毒を食べて、大きく育つのよ。立派に育てば、きっとあなたたちの美しさを理解できる人間も出てくるわ」

優しく木箱に話しかける。

その時——

「ずいぶん楽しそうだなあ」

面白がるような声が聞こえ、玲琳は素早く振り返った。

鍠牙が腕組みして、毒草園を眺めている。

玲琳は心底驚き、目を真ん丸にした。

「おはよう、姫」

「……何か用事？」

「夫が妻を訪ねてくることに何か問題が？」

「今度来たら殺すと言ったわ。死にたいの？」

玲琳は立ち上がり、軽く腕組みして小首をかしげる。不穏な言葉が静寂の中を通り抜けてゆく。

しかし鍠牙は悪びれもせず言い返した。

「いやいや、それは違うな。あなたは、部屋に入ったら殺すと言ったんだ。ここはあなたの部屋の中じゃないだろう？　殺されてやる理由はない」

揶揄《からか》うような口調。口元には妙に楽しげな笑みを浮かべている。玲琳は思わず目をぱちくりさせてしまった。

「……その通りだわ。お前を咎める理由はないわね」

屁理屈《へりくつ》のようではあったが、彼の言葉は正しい。

「だろう？　近づくなと言わなかったあなたの落ち度だ」

鍠牙は挑発するように言い、庭園に置かれた大きな石に腰かけると、膝に頬杖《ほおづえ》をついて玲琳を見上げた。

「ええ、認めるわ。私の落ち度ね。それで、いったい何をしに来たの？」

「新婚の妻と仲良くなりに」

　そう言って、彼はにっこりと笑った。

「昨日も言っただろう？　俺はあなたが気に入ったんだ」

「私は言い忘れたわね。私はお前が嫌いだわ」

　玲琳は間髪を容《い》れずに返す。鍠牙はまた満足げに笑った。

「全く問題ないな。あなたが俺を嫌おうが、俺はあなたを気に入ってる。できることならずっと傍にいたいくらいに」

　玲琳は腕組みしたまま鍠牙をじろりと眺めた。

「それはつまり、私の蟲の傍にいるということね」

　口元に薄い笑みを浮かべ、玲琳は木箱をこんと叩《たた》いた。がさがさと蠢く音がますます大きくなる。

「私の蟲たちを見たい？」

　挑発するように聞く。どうせ逃げ出すだろうと玲琳は思っていた。今まで、玲琳の蟲たちを受け入れた人間はほとんどいない。世の中はおかしな人たちばかりで、この子たちの愛らしさを分かってくれる人はほとんどいないのだ。

　しかし、鍠牙は狼狽えもせず軽く頷いた。

「そうだな、見せてもらおうか」

　玲琳は逆に面食らう。

「……本気？」

「なんだ、あなたは本気じゃなかったのか？」

聞き返されて玲琳はしばし黙り、無言で鎧牙に近づいた。

ふわりと腕を出す。その袖から、しゅるしゅると素早い動きで蜥蜴《とかげ》が出てくる。

「これが私の蠱よ」

掌《てのひら》にのる蜥蜴は小さいが、不気味な鉤爪《かぎづめ》と牙と角を持っている。

「虫じゃないな」

鎧牙はまじまじと眺めながら言った。

「蠱よ。蠱になる生き物は全て蠱。蛇も蛙も鶏もそうよ」

「百の虫を壺に入れて食い合わせる……だったか？」

聞かれ、玲琳はぱっと表情を明るくした。

「お前、蠱術を知っているの？」

「まあ、その程度はな」

「そう、その程度ね。百蟲を喰らい合わせるのは最も有名な蠱術だけど、それは蠱術の一つでしかないわ。蠱術には無限の方法があって、蠱師によって造蠱法《ぞうこほう》も中蠱法《ちゅうこほう》も解蠱法《かいこほう》も全く違うのよ。己の思うままに蠱を造り、蠱に中《あた》らせ、蠱を解く。それが蠱師よ。もっとも、蠱師が何もせずとも勝手に蠱となる動物も存在するのだけどね」

玲琳は瞳をキラキラさせて語る。どんどん早口になる。鍠牙は黙って聞いている。

「この子を見てちょうだい。半年かけて造蠱したのよ。この素敵な爪と牙と角……全てに強い毒を宿しているの。愛くるしい竜のようよ。ああ……何て可愛いのかしら。あなたは素敵よ。あなたたちのためにすぐ立派な毒草園を造るから、待っていてね」

片手で頬を押さえ、うっとりと蜥蜴に語りかける。すでに鍠牙の存在は頭から飛んでいた。

「危険じゃないのか？」

不意に鍠牙が言った。玲琳は現実に引き戻されて鍠牙を見る。

「自分の作った蠱毒でやられたりしないか？」

「まさか。蠱師に蠱毒は効かないわ」

「へえ……それは羨ましいな」

鍠牙は頬杖をついて蜥蜴を眺めながら呟く。一瞬表情に影が落ちた気がした。

玲琳は何やら不思議な思いで鍠牙を眺める。こんな風に玲琳の話を真剣に聞いてくれた人間が、今までどれだけいただろうか。

「……ねえ、お前が昨日の言葉を撤回し、お姉様こそがこの世で最も美しく賢い女神だと認めて平身低頭謝罪するなら、私の部屋へ入ることを許してもいいのよ」

玲琳はさりげなくそう言ってみた。が、

「ははは、断る」

鍠牙は頬杖をついたままあっさりと拒絶。

玲琳の額に青筋が一本浮く。

「それならこれ以上話し合う余地はないわね、消えてちょうだい」

犬を追い払うようにしっしと手を振り、蜥蜴を袖の中へ戻す。

「まあそう邪険にするな。一緒に食事でもとろう」

軽く言われて玲琳はますますしかめっ面になる。

「この流れでよく言えたわね。その度胸は褒めるわ」

「光栄だ。さあ、食事にしよう」

「お断りよ」

「まあそう言うな」

鍠牙は立ち上がり、突然玲琳を抱き上げた。粉袋よろしく肩に担ぎ、歩き出す。

「ちょっとお前！　何の真似《まね》！」

予想もしていなかった行動に驚き、玲琳は足をばたつかせる。

「下ろしなさい！」

「お断りだ」

鍠牙はからかうように玲琳の言葉を真似た。

「お前……頭の毛を一本残らずむしるわよ！」

玲琳は鍠牙の背を叩いて怒鳴った。

「それは困るな」

からからと笑いながら、それでも鍠牙は玲琳を下ろそうとしなかった。完全に子ども扱いされている。

――この男……絶対許さないから！――

玲琳は頭に血が上って、ばしんばしんと鍠牙の背を叩き続ける。彼の背中は固く、いくら叩こうがびくともしない。

玲琳を担いだまま庭から建物に入り、ぎょっとする人々の視線をうけてなお平然と鍠牙は歩いてゆく。

そうして廊下をしばらく歩いたところで、急に立ち止まった。

「陛下、何をなさっておいでですか？」

冷たく抑揚のない男の声がかけられる。

「姫と食事をしようと思ってな」

「はあ……それは結構なことですね」

「ああ、あなたにも紹介しておこうか」

鍠牙は担いだままの玲琳に言った。

「この男は俺の側近、利汪《りおう》だ」

すると、男は鍠牙の背後に回り込み、玲琳の顔が見える位置へ移動した。

深々と礼をする。

「お初にお目にかかります。わたくしは王の側近、姜《きょう》利汪と申します。どうかお見知りおきくださいませ」

「お前……私のこの格好を見て何か言うことはないの？」

玲琳は二重の意味で頭に血を上らせながら顔を上げた。

姜利汪は狐《きつね》のような印象の、目が細く痩せた男だった。担がれたままの玲琳を見ても全く表情が変わらない。

「我が王は少々自由奔放なところがございます。どうか寛大な心でお許しください」

利汪はまた頭を下げる。謝罪しながらも鍠牙を止める様子はない。

この男も敵かと玲琳は歯嚙みした。

「葉歌がいれば……お前たちのごとき蛮族に、こんな勝手なことさせはしないわ」

頼りにしている女官の名を呟く。

「そうかそうか、まあ少し我慢してくれ」

鍠牙はなだめるように言い、また歩き出した。

連れていかれたのは広く簡素な部屋だった。

扉を閉めると、ようやく床へ下ろされる。頭がくらくらした。

「大丈夫か？」

「……ここはどこ？」

「俺の部屋だ」

「何故？」

「一緒に食事を」

にっこり笑う。殴ってやろうかと玲琳は思った。そうして、そう思った自分に驚き、自分の掌に目を落とす。

「驚いた……」

「何がだ？」

「私、人を本気で殴ってやりたいと思ったのは生まれて初めてよ」

今まで周りの人たちにどれほど悪く言われても何をされても、玲琳はたいして腹も立たなかったし、ましてや殴りたいなんて思ったこともない。玲琳にとって彼らは、ものを理解できないおかしな人たちでしかなかった。

「驚いたわ。お前、本当に嫌な男ね」

いっそ感心してしまう。

「それはどうも。さあ、食事にしようか」

鍠牙は部屋に置かれた卓に玲琳を座らせた。

「自室で食事をとるの？　それが魁の習慣かしら？」

玲琳は自室で食事をとることに慣れていたが、斎の皇帝は代々食事用の広間で食事をすることになっていた。魁では違うのだろうか？

「俺は人がいる場所で食事をするのが嫌いなんだ」

大いに矛盾したことを言う。ならばなぜ玲琳をここへ連れてきたのだという話になるではないか。本当にわけのわからない男だ。

鍠牙が卓につくと、すぐに食事が運ばれてきた。玲琳も、あれこれ動き回っていたせいでずいぶんお腹がすいていた。

「できればずっと姫の傍にいたいところだが、とりあえず食事だけでも一緒にしよう。あなたの食事も毎日ここへ運ばせる」

地味に嫌なことを提案されて、玲琳は苦虫を嚙み潰したような顔になった。

「どうして私がお前と食事をしなくてはいけないのかしら」

「俺がそうしたいからに決まってるだろ」

堂々と言い返され、返す言葉を失った。

「それくらい、俺はあなたを気に入ったんだ」

そう言って彼は玲琳に魅力的な笑みを向けた。その笑みを目の当たりにして、玲琳も自然と笑みをこぼし――

「嘘吐《うそつ》き」

と、一言。

今度は鍠牙が絶句した。

「私のことが気に入った？　お前はとんだ大嘘吐きだわ。だってお前、私のことが嫌いでしょう？　分かるわよ。私が今までどれだけの人間に嫌われてきたと思うの？」

お前、最初に出会った時から私を嫌っていたね？」

「何を言ってるんだ？」

鍠牙は胡麻化《ごまか》すように笑った。

玲琳は鍠牙の向かいで、並んだ料理を食べ始めた。

「私の母は、薬師で蠱師だったわ」

唐突に言う。

「斎の東の山奥に暮らす『蠱毒の民』の長の娘でね、その部族は代々蠱術を扱う蠱師の一族だったのよ。母は門外不出のその蠱術を広めるために都へ出て、皇帝の薬師になって、見初められて私を産んだの」

何の前触れもない身の上話を、鍠牙は真面目な顔で聞いている。さっきまでのふざけた笑みは消えている。

「私が最初に母の蠱術を見たのは三歳の時。毒蜘蛛が蟲を毒で殺す姿を見たのが初めてだった。その瞬間、私は殺された蟲になったの。次の瞬間には蟲から真っ黒な大樹になっていたわ。大地に向かって枝葉や根を伸ばして、森羅万象と繋がって、満天の星の中に浮かんでいた。一瞬後、私は私に戻ったわ。その時思ったの。生きるというのは、死ぬことなんだわって」

突飛な話を聞かされ、鍠牙は怪訝な顔に変わった。

玲琳は魚の切り身を口にする。少し前までは生きていただろう命を。

「生き物とそうじゃない物の違いは何かしら？　命ある物は必ず死ぬわ。いつか必ず死ぬということが、生物であることの条件なのよ。そうして命を繋いでゆくの。死なない物は生き物じゃないわ」

「仙人は？　仙人なら死なないだろ？」

しかし玲琳は首を振る。

「永遠の命を求めて仙人になってしまえば、生き物じゃなくなるわ。生きるということは死ぬということ。生き物に死をもたらす蠱毒は、生命の象徴なのではないかと幼い私は感じたの」

「だから……毒を？」

「ええ、だから私は毒に魅了されたわ。花でも、草でも、蟲でも、獣でも……私は毒があるものに惹《ひ》かれてしまう。たとえそれが、人間であってもね」

玲琳はそこでうっとりと微笑んだ。

「だから私はお姉様を愛したの。人を駒としてしか見ることができない。そういうお姉様だから私はお姉様を愛したの。冷徹で、残酷で、卑怯《ひきょう》なお姉様を愛したの。あの人は私が知る限り、この世で一番強い毒だわ。それが花でも草でも獣でも人でも、私は毒に惹かれてしまう。そういう人間なの」

瞬間表情を変え、じろりとうかがうように鍠牙を見やる。

「お前は私に、わざとお姉様の悪口を言ったね？　私がそれを許さないと確信したのでしょう？　お前、私に嫌われたかったのでしょう？　私を嫌いなのに気に入ったなどと嘘を言い、そのくせわざと嫌われようとする。それなのに食事を共になどと言って近づこうとする。矛盾しているわ。それは何故？　出会った時からずっとそう。お前、私に嘘の顔しか見せていないね？　嘘の笑顔。嘘の言葉。嘘の行動。その下に、お前はどんな毒を隠しているの？」

瞬間、鍠牙の眼差しに鋭く獰猛《どうもう》な光が閃《ひらめ》いた。その光に突き刺されたような感覚がして、玲琳は思わず口元をほころばせる。

「本当のことを言い当てられて怒ったの？　ずっと隠しておけると思っていた？　愚かね。斎の蟲師を舐《な》めすぎだわ」

玲琳は挑発するように言ったが、鍠牙はそれ以上揺らがなかった。腹をくくったかのように、余裕の笑みを浮かべてみせる。

「俺があなたを嫌ってるなんておかしな話だ。あなたのことを気に入ったと言っただろ？　確かにあなたは幼いが、面白くて興味深い姫君だよ」

玲琳はぱちくりと瞬きした。少し驚いていた。

「そう、徹底的に嘘を吐くのね。いいわ、そういうことにしておきましょう」

そう言って、残りの食事を平らげた。

鍠牙は最後まで本心を見せようとはしなかった。

第二章

翌日にはもう、玲琳は王を拒んだ高慢で嫌な妃――から、毒草園で毒虫を育てている異常者――に変わっていた。

噂は一瞬で後宮を駆け抜け、玲琳は魁国の女官から恐《おそ》れ戦《おのの》かれ、全く近づかれなくなった。

「遺憾よ。極めて遺憾だわ」

玲琳は毒草園を眺めながら、足を開いて腕を組んだ。勇ましい格好であったが、その眉間には困惑を示すしわが刻まれていた。

「私はね……斎の後宮が偏屈で、自由な発想を厭《いと》うがゆえに、私をおかしな毒姫だと言っていたのだと……他国へ行けば、普通の姫だと言われるはずだと……そう信じていたのよ」

そこで深くため息を吐く。

「よもや、他国へ来てまで異常者扱いされるとは思わなかったわ」

玲琳は遠い目をする。

「いや、はっきり申し上げちゃいますけど、あなたはどこへ行っても普通に変人ですからね」

背後に立っている葉歌に狼狽えた声で言われ、玲琳はさすがにぐさっときながら、じろりと後ろを向いた。

「私は変人ではないわ。普通の蠱師よ」

「いや、蠱師の時点で普通じゃないですからね。普通だと言い張るなら、蠱毒を全部捨てて、今夜にでも差し上げた本の内容を実践してくださいよ」

葉歌も恨みがましく返す。

「それはあり得ないわ。絶対にね」

「でしょうね、はいはい、分かってますよ。こんな人にお仕えしたのが私の運の尽きなんですよ」

ぶちぶちと文句を言いながら、葉歌は玲琳の毒草園造りを手伝おうと袖まくりをした。彼女はもちろん蠱師ではないが、斎にいた頃から毒草園の管理を手伝ってくれていたのだ。

「お前のそういうところ好きよ」

葉歌は口の悪い女性だが、なんだかんだ言って一緒に来てくれたのが彼女でよかったと、玲琳は思うのだった。

好きだと言われた葉歌は、悪口でも言われたみたいに頬を引きつらせる。

「私はお妃様の蟲を愛でているところ、本気で大嫌いですけどね。こんな悪評まみれの人に仕えて……私がこのまま素敵な殿方に出会えず一人寂しく死んでいったら、どうやって責任を取ってくれるんです？」

「安心なさい。お前に嫁の貰《もら》い手《て》が見つからなければ、私が一生面倒を見るわ」

玲琳はきりりと眉を吊り上《あ》げて言い放《はな》った。

「……そういう無駄な男らしさを見せられても……」

葉歌はやれやれとため息を吐く。

「お妃様らしく、毒蟲の飼育なんてせず部屋でおとなしくしていてほしいですけどね」

「部屋に閉じこもるのもたまには悪くないわね。持ってきた書物を全部読むわ。お母様秘伝の書物がたくさんあるのよ。私はまだまだ勉強不足だわ」

持ってきた書物には、『蟲毒の民』に伝わる蟲術がこれでもかと記されている。それらは全て、玲琳の愛読書だ。

「私はまだ諦めていないからね」

「何をです？」

「この国の人たちに蟲の魅力を喧伝《けんでん》することを」

頭の固い斎帝国では無理だったが、新興国の人間ならば、多少なりとも頭が柔軟なのではないかと玲琳は思うのだ。

「いや、無理ですよ。絶対無理です」

葉歌はぶんぶん首を振った。

「嫌われて終わりですよ。やめましょう。黙って動かないでくださいよ」

強く諭すように言われたが、玲琳は拳を握って言い返した。

「何を恐れることがあるの。上手《うま》くいけば蠱を愛する仲間を増やせるし、失敗してもただ嫌われるだけだわ。別にいいでしょう？　嫌われたくらいで死にはしないし、誰の迷惑にもならないわよ。いいこと葉歌、よく考えてみなさい。私が魁の人間に嫌われたからといって、この世の誰が困るというの」

「あなたにお仕えしてる私が困るんですよ！　斎のお姉様方に、私がどれだけ嫌がらせされたと思うんですか！」

葉歌はほとんど泣きそうな顔で訴えた。

玲琳はそんな彼女の顔を見返し、ぽんと肩に手を置いた。そしてにこりと笑う。

「頑張って」

「あああああ！　なんで私だけがこんな目に……！」

嘆く葉歌は、そこではっと振り返った。

玲琳が彼女の視線を追ってその先を見ると、少し離れたところに一人の女性が立っていた。彼女は玲琳の毒草園を不思議そうに見つめている。

二十代中頃だろうか、年齢の分かりにくい女性だ。魁の女性にしては小柄で、玲琳より少し背が高いくらい。妙に透明感のある、この世のものとは思えぬほど美しい容姿の女だ。仙女が紛れ込んできたのかと錯覚するほどに。

とはいえ、玲琳は人間の美醜にあまり関心がなかった。この世で一番美しいのは姉の彩蘭だが、玲琳は彩蘭の持つ毒を美しいと思うのであって、彩蘭の顔立ちにはさほど興味がない。どのような姿をしていても、それが彩蘭であれば玲琳は美しいと感じるだろう。

というわけで、玲琳は目の前に立つ絶世の美女の顔立ちにさほど興味を抱かなかった。

それより気になったのは、女が頭の上に猫を一匹のせていたことだ。ずいぶんと奇妙ないでたちである。

「お前は誰?」

玲琳は見覚えのないその猫女に問いかけた。もっとも、会ったことがあっても玲琳は覚えていないだろうが。

女は数回瞬きし、ふわっと微笑んだ。

「こんにちは、夕蓮《ゆうれん》というのよ」

なんだかぽやっとした女だと玲琳は思った。

「ねえ、何を植えているの？」

女は小首をかしげて聞いてくる。

「気になるの？」

「ええ」

「毒草を植えているのよ」

今まで何度もされた問いかけに、玲琳は今日も同じく答える。玲琳がこう答えると、相手はいつもたちまち感情の温度を下げるのだ。

しかし、夕蓮と名乗る女は毒と聞いて目を真ん丸にして驚き、近づいてきた。

「毒草を？　どうして？」

「毒蟲に食べさせるのよ。そうすれば毒はもっともっと強まるわ。斎の蠱術よ。私は斎の蠱師なの」

「……こし……って、何？」

夕蓮はきょとんとした顔で首をかしげる。

玲琳は驚いてぽかんと口を開けた。傍らでやり取りを見守っていた葉歌も、驚いて口をあんぐり開けている。

今まで玲琳は、色々な人に出会ってきた。玲琳が蟲師だと名乗ると、皆それぞれ色々な反応をした。が——蟲師を知らぬ人間というものに、玲琳は初めて出会った。

蟲師なんて子供でも知っている。

「お前……変わっているわね」

玲琳は思わず言ってしまった。

「蟲師というのは蟲術を使う術者のことよ。人を呪い殺すの」

「まあ、そうなの？　あなたは呪術者なの？　まあ、まあ、呪術者に会ったのは初めてよ」

真ん丸な目がぱちぱちと瞬きを繰り返す。本当におかしな女だと玲琳は呆れた。

「興味があるなら、教えてあげましょうか？」

「教えてくれるの？」

夕蓮はぱっと顔を輝かせる。

「別にいいわよ」

玲琳は毒草園に植わる植物の説明をして、蟲を見せた。

蠢く蟲を見るなり、夕蓮はびっくりして飛び上がり、逃げて、木の陰に隠れる。

「ごめんなさい、私……虫は苦手なの」

ぷるぷる震えながら言われ、玲琳はがっかりした。

「どうしてみんなこの子たちの良さが分からないのかしらね」

「ごめんね」

夕蓮はまた謝る。猫を頭にのせたまま震えている。そこで猫がにゃあにゃあ泣き出した。

「……お前、どうして猫を頭にのせているの？」

玲琳は今更ながら聞いた。むしろ、ここまで全く聞かなかったことがおかしいのだが、玲琳は別段その猫が気にならなかったのだ。

「ええと……猫が好きだから？」

夕蓮は何故か問いかけるように語尾を上げて答えた。

「あらそう、私は蟲が好きよ」

玲琳がそう言うと、夕蓮は嬉しそうに木の陰で笑った。

「それじゃあ私とおそろいね。私はね、猫を五匹飼ってるのよ。ふわふわで可愛いの」

何が嬉しいのかにこにこしている。しかし蟲は怖いらしく、出てこようとはしない。

玲琳はむっとした。

「お前は物事の本質を分かっていないわね。とってつけたような毛玉に可愛さを求めるのは浅薄というものよ。美の本質はもっと深いところにあるのだから。つまり、私の蟲たちの方がずっと可愛いということよ」

「まあ！　私の猫の方が可愛いわ。ほら」

と、夕蓮は頭の猫を摑《つか》んで玲琳に差し出した。

「こんなにふわふわでにゃあにゃあしてるわ。ね、可愛いでしょ？」

玲琳は負けじと袖から毛むくじゃらの蜘蛛を出す。

「ふっ、浅いわね。この子を見てごらんなさい。こんなにふわふわでかさかさしてるわ。撫でてもいいのよ。この子は私の命令がない限り人を攻撃したりしないわ」

しかし、夕蓮は悲鳴を上げて木の陰に引っ込んだ。

「……私の猫の方が可愛いんだから～」

木の後ろからぼそぼそと言う。

「お前、変な女ね」

玲琳は驚きと呆れをないまぜにした感情に突かれて呟いていた。

蟲を怖がっているくせに、逃げもせず張り合おうとする。珍しい反応をする人だ。

夕蓮は木の陰からちらっと顔を覗かせた。

「変な女なんて言われたの初めて」

「そう？　お前変わっているわよ」

もっとも、玲琳からしてみれば周りの人たちは全員変わっていて、普通なのは自分くらいだと思うのだが。

夕蓮は不思議そうに玲琳を見ている。

「あなたの方がずっとおかしな人ね。……ねえ、私たち、お友達にならない？」

唐突に言われ、玲琳は今度こそ度肝を抜かれた。

――え？　この女、今何て言ったの？　お友達？――

「お前、本気で言っているの？」

玲琳はたちまち狼狽える。今まで玲琳に友人と呼べる相手がいたことはただの一度もなかった。友達になろうなんて言われたこともない。

軽く頭が混乱する。

「ダメ？」

木の陰から覗く瞳が、じいっと玲琳を見つめている。

「………別に……いいわよ」

玲琳が渋い顔で答えると、夕蓮はぴょんと木の陰から飛び出てきた。

「嬉しい、仲良くしてね」

夕蓮は花が咲くように表情をほころばせ、玲琳の両手を握ろうとし、そこにいる蜘蛛を見つけてまた飛び上がる。

玲琳は袖の中に蜘蛛を仕舞った。

玲琳が衣の中に潜ませているのは皆、すでに蠱となった蟲たちだ。霊的存在であり、もはや普通の生き物ではない。命の象徴である蟲は、すでに生命の理《ことわり》から外れた存在となっている。その矛盾を玲琳は愛おしく思う。

蜘蛛が見えなくなると、夕蓮は安心したように玲琳の手をそっと握った。真白く滑らかな夕蓮の手が泥だらけの玲琳の手で汚れたが、夕蓮は嬉しそうに笑ったまま ちっとも気にした様子がない。

——本当に変な女——

玲琳は見たこともない珍獣を見るような心地で彼女を見つめ返した。

傍らでは、成り行きをずっと見守っていた女官の葉歌が、感極まったように口元を押さえて身を震わせていた。

お妃様に初めてのお友達が——とでも思っているのだろう。

ほのぼのとした空気を漂わせていると、サクサク土を踏む音がして、現れた人物がいた。

鍠牙だった。彼はあれから毎朝毎晩、玲琳を食事へ誘いに来るのである。

ここへ来てからというもの、玲琳は彼のいない場所で食事をすることがとんとなかった。今朝も彼はいつものように、玲琳を呼びに来たのだった。

鍠牙は玲琳を見るなり仰天したらしく、目を真ん丸くしている。

いつもなら葉歌と二人で畑仕事に精を出している玲琳だったが、この日は初めて出会った女性と手を握り合っていた。

「あらまあ、どうしたの？　鍠牙」

夕蓮は玲琳の手を握ったまま鍠牙に笑いかけた。ずいぶんと親しげな態度である。

「何故あなたがここに？」

鍠牙は訝《いぶか》るように聞き返す。

「うふふ、お妃様にお会いしたくて。それでね、私たちお友達になったのよ。ね？」

夕蓮はいたずらっぽく笑いながら、最後の一音を玲琳へ投げかけた。

「え、ええ。私たちお友達……よね？」

肯定してしまうのが何やら恥ずかしく、玲琳は語尾を濁す。

「はあ……」

鍠牙はあいまいな相槌《あいづち》を打ってぽかんとしている。

「まあ、鍠牙。そんなそっけない態度じゃいけないわ。お妃様にはうんと優しく、大切に大切にしてあげなくちゃ。ね？」

今度の語尾は鍠牙の方へ向いていた。

鍠牙は困ったように黙り込んだ。それを見て、夕蓮はやれやれとため息を吐く。彼女は玲琳と握り合った手をほどき、鍠牙の方へ小走りで向かった。

「どうしたの？　お妃様のことが嫌いなの？　ダメよ、仲良くしなくちゃ」

甘い声で諭され、鍠牙はにこりと笑った。いかにも面倒くさい相手をやり過ごすような作り笑顔だ。

「最初から上手くいくことがあるものか。だいたい、多少仲が悪くとも両国の関係には問題ないさ」

「またそんなことを言って……ちゃんと仲良くしなくちゃいけないわ。ね？」

お姉さんっぽく叱り、そこで夕蓮ははっとした。

「あら、私もそろそろ行かなくちゃ。今日はお茶会の用意があるの」

いけないいけないと言いながら、彼女はくるりと踵を返す。

「また会いましょうね、お妃様」

そう言い残し、蝶が舞うようにひらひらと駆けて行った。ふんわりとした春の風のような女性だった。

残された玲琳はちらと鍠牙をうかがう。

鍠牙は脱力して深くため息をついている。

「あの女は誰？　お前と親しいの？　親戚？」

玲琳は矢継ぎ早に問うた。鍠牙は目を上げ、彼女がいなくなった方に視線を送り、また玲琳へと目線を戻し――

「母だ」

と一言。玲琳は一瞬意味が分からずぽかんとした。

「え……え!?　母？　お前の母親？」

「ああ」

鍠牙はあっさり肯定したが、彼と夕蓮では歳がほとんど変わらないように見える。

玲琳はぽかんとし、しばし考えてはっと気が付いた。

「あ、血が繋がっていないのね？」

先王の側室か何かということか。なるほどと納得した玲琳だったが、鍠牙はいいやと首を振った。

「正真正銘俺を産んだ母親だ」

こんどこそ玲琳は度肝を抜かれた。

「彼女はいくつ？」

「四十だな」

「ということは、お前が二十五だから……彼女は今の私と同じ歳でお前を産んだということ？」

「まあそうだな」

「へえ、とても四十歳には見えないわ。お前と同い年くらいかと思ったわよ」

玲琳は感心するばかりだ。しかし、祖国の姉彩蘭も、確かに四十歳くらいになっても今と変わらない美貌を保っていそうだと思う。

「お前の母親はおかしな女ね」

玲琳がずばっと言ってしまうと、鍠牙は微妙な表情になった。

「頭に猫をのせていたわ」

「ああ、あの人は昔から動物に好かれるんだ」

「そう、私もあの女が気に入ったわ。変な女だけれど、私の蟲を一度も悪く言わなかったのよ」

ついでに友達と言われたことを思い出し、何やら照れてしまう。

「まあ彼女はあれで面倒な人だから、あまり関わらない方がいい。それより朝食にしよう」

鍠牙は気を逸らすように言い、玲琳の手を取った。初日こそ担がれて運ばれた玲琳だったが、その日の夜には手を握られて引きずられて部屋へ連れ込まれた。

あれからずっと、玲琳は食事のたび鍠牙に手を引かれている。抵抗してもがっちり握られているため無駄なのだ。

彼はどうあっても玲琳と食事を共にせねば気が済まないらしい。

「いいかげん、素直に俺の部屋へ出向いてくれないか」

鍠牙は玲琳の手を引いて歩きながら言った。

「食事を一緒にしたがっているのは、私ではなくお前でしょう？　どうして私が自分からお前の部屋へ行かないといけないの」

もはや抵抗しても無駄と分かっている玲琳は、おとなしく引かれながら答えた。

「それなら、あなたの部屋で食事をしようか」

「お前の頭は腐っているの？　入れるわけがないでしょう？　私の部屋に入りたいなら、お姉様こそが世界で一番賢く美しい女神だと認めなさい」

鍠牙はあはははと笑った。今日も玲琳の言葉を受け入れる気はないらしい。

「何を笑っているのよ。お前は本当に腹の立つ男ね。いいわ、今日も教えてあげる。お姉様はね、私が十歳になったばかりの頃……」

玲琳は真面目な顔でつらつらと話し始める。ここのところ、彼に姉の素晴らしさを語るのが玲琳の日課となりつつあった。

鍠牙は適宜相槌を打ちながら玲琳の話を聞いている。

「お前はいつも私の話を適当に聞き流しているわね。まあいいわ、お姉様の素晴らしさを知るのは私だけでいいのよ」

玲琳は口をとがらせてそう締めくくった。

鍠牙と差し向かいでの朝食を終えると、玲琳はすぐさま自分の部屋へ戻った。蠱の世話の続きをしようと一人で庭へ下り、桶《おけ》に水を汲んで、緑の生い茂る毒草園に足を運び――玲琳は愕然として立ち尽くした。

植えた毒草たちが、すべて引き抜かれてぐちゃぐちゃに荒らされているのだ。心の臓が痛いほどに跳ね、玲琳は慌てて引き抜かれた草の間を探った。そこからカサコソと蟲たちが出てくる。この子たちは無事だったらしいと分かり、玲琳はほっとする。

しかし、目の前の荒れ果てた毒草園はとてもすぐ回復させられるようなものではなく、玲琳はしばし呆然《ぼうぜん》としてしまう。

いったいどれくらい時間が経っただろう。くすくすと笑い声が聞こえて玲琳はゆっくり振り返った。

渡り廊下を歩いてゆく、二人の女性がひそひそと話し合っている。

「ずいぶん素敵なお庭だこと」

女性の一人が小馬鹿にしたような笑みを浮かべてそう言った。

「お前たちは誰？」

玲琳は無表情で問う。無遠慮な物言いに、彼女たちは不快そうな顔をした。

「私たちは先王の娘。あなたに生意気な口を利かれる覚えはなくてよ」

「そうよ、大国の姫だからといって、偉そうな顔をしないでよね」

居丈高に言うが、その奥に怯えのようなものが垣間見《かいまみ》えた。つまり彼女たちは、鍠牙の姉か妹ということか。その目つきを見れば、玲琳をよく思っていないのはすぐに分かる。むろん、言葉を聞いただけでも分かる。

「お前たちが私の庭を荒らしたの？」

問い詰める玲琳は淡々としていた。

「あら、私は知らないわ」

「きっと猪《いのしし》でも入ったのよ」

ふふんと笑いながら、彼女たちは足早に去ってゆく。その態度だけで十分だった。

玲琳は彼女たちを追いかけて歩き出した。

彼女たちはひらりひらりと袖を翻し、後宮の反対側にある広い庭へと向かってゆく。その庭には小綺麗な東屋《あずまや》が立っており、その中に数人の女性たちが集っているのが見えた。その中には、今朝方友達になったばかりの夕蓮もいた。夕蓮は膝に数匹の猫をのせていた。傍らの女性がその猫を撫でている。

毒草園を荒らしたと思しき娘たちは、東屋へと入ってゆく。

席に着き、その場の人たちと談笑している。外から見る限り、そこにいるのは上等な着物を着た身分の高い女性たちのように見えた。王の母である夕蓮がいることから、後宮に住まう王族の女性たちなのだと思われる。

女官が茶を注ぎ、ゆったりと湯気が立ち上った。

そこへ玲琳は、水の入った桶を抱えたまま乗り込んだ。

一同が驚いて一斉に振り返る。

彼女たちは泥にまみれた玲琳のいでたちを見て、呆気《あっけ》にとられ、嘲笑を浮かべた。

「お妃様でいらっしゃいますわね？　まあ……婚礼衣装の時とずいぶん印象が違いますこと」

扇子を口元に当てて、年かさの女性が舐め回すように玲琳を見た。

しかし玲琳は彼女の方を見もせず、毒草園を荒らした二人の娘だけを見ていた。

そして、何も言わず桶を振りかぶり、中の水をぶちまける。

「きゃあああああ!!」

娘たちは悲鳴を上げてずぶぬれになった。当然のことながら、近くにいた無関係の女性にも水がかかってしまう。

「あなた！　なんてことをするの！」

「これはあんまりじゃありませんこと!?」

「斎帝国ではどのような教育をしていますの!?」

口々に怒鳴る彼女たちを無視し、玲琳はぽつりと言う。

「ただの水よ」

「水をかけるなんて……」

「ただし、次にやったら油をかけるわ。火をつければよく燃えるでしょう」

あまりに淡々としすぎて現実味の伴わない玲琳の言葉に、一同は絶句する。

「許すのは今回だけよ。蠱師に喧嘩《けんか》を売るなんて、頭が悪いとしか言いようがない。命が惜しければ二度としないことよ」

そう言い捨て、玲琳はその場を去ろうとした。が、

「待って、お妃様」

呼び止められて振り返る。

一番奥にいた美しい女性――夕蓮が困惑顔で玲琳を見ていた。

「いったい何があったの？」

柔らかな彼女の表情を見た途端、玲琳は頭に上っていた血が少し下がった。

透明感のある美貌。夕蓮という女は本当に美しいと玲琳は思った。

「私は……私が大事にするものをないがしろにする人間を許さないわ。たとえそれが、他の誰にも価値が分からない物だったとしても。たとえそれが、お前と一緒にお茶を飲む仲良しの相手だったとしても」

告げながら、彼女と自分はもう友達ではなくなってしまうのかもしれないなと思う。

それでも、玲琳は相手を許す気はなかったし、たった一瞬でも友達ができたのは素敵なことだと思った。

玲琳の高慢な物言いに、その場の女性たちはざわついた。その空気は、祖国で玲琳が彩蘭と話している時のそれに似ていた。

夕蓮はきっと、この場で最も身分が高く、最も慕われる人間なのだ。それが分かった。

玲琳の態度に苛立ちを感じたのか、年若い女性が声を上げる。

「義理の母親に対して何て失礼な物言いなの。お兄様は娶る相手を間違えたのよ。後宮に蠱毒を持ち込むような気持ちの悪い妃なんて私は認めないわ」

腹立たしげに言うと、澄ました態度で目の前の茶を一口する。甘い花の香りがあたりに漂う。

玲琳は冷ややかな目で彼女を睨み、突如その手から湯呑みを叩き落とした。

「きゃあ!」

悲鳴とともに、陶器の砕け散る音が響いた。


一方その頃、玲琳を鍠牙との朝食へ送り出した葉歌は、のんびりと部屋の片づけをしていた。

「あー結婚したい……素敵な殿方ときゃっきゃしたい……」

そんなことを言いながら手を動かす。

玲琳が嫁いで一か月経っても、国王夫妻に進展の気配はない。

鍠牙は毎朝毎晩玲琳にちょっかいを出しているが、玲琳は鍠牙が嫌いだという姿勢を崩そうとしていなかった。おかげで全く進展しない。

——これって誰が悪いの？　私？　いや、私悪くないよね——？

「私はちゃんと役目を果たしてるもの……彩蘭様のご命令を忘れてはいないわ」

自分に言い聞かせるように呟く。

祖国の君主を思い出す。

『あなたに頼みたいことがあるのですよ。あなたにしか頼めないことです』

魁へ旅立つ前、女帝彩蘭はそう言った。

『あの子にも秘密で、わたくしの頼みを聞いてくれますね？』

頼みという名の密命を帯び、葉歌はこの国へ入った。そのことを、もちろん葉歌は忘れていない。けれど、玲琳があまりにお妃様らしくしてくれないから、葉歌は振り回されてばかりいるのだ。

「そもそも……王様がお妃様を怒らせたりしなければ……」

苛立ちを込めて呟く。すると——

「俺がどうかしたか？」

突如声を掛けられ、葉歌は飛び上がった。一瞬で部屋の隅へ逃げる。振り返ると、鍠牙が不可解そうな顔で立っていた。相変わらず部屋に入ろうとはしない。

「お、王様……！　何の御用ですの？」

「今日は仕事が少なくてな。もうしばらく姫を揶揄って……いや、姫と語らい合って過ごそうかと思っただけだ」

やや聞き捨てならないことを言いかけ、彼は楽しそうに笑った。

異性に慣れていない葉歌は、その表情にどぎまぎしてしまう。何か悪いことをしているような心地がした。

「王様がそういう態度だから、お妃様はいまだに怒ったままですわ」

「らしいな」

くっくと楽しそうに笑っている。彼はいつもそうだ。玲琳に会いに来るといつも楽しそうに笑っている。楊鍠牙はよほど玲琳を気に入っているらしい。

確かに玲琳はずば抜けて美しい姫だから、黙っていれば闇夜の灯《ともしび》よろしく男を引き付けるに違いない。しかし、泥まみれで毒を栽培し、蟲を可愛がる姿を見てなお玲琳に言い寄る男を、葉歌は初めて見た。だからこそ不思議なのだ。

李玲琳という人間は、人から嫌われる能力において右に出るものはないにもかかわらず、自分から人を疎んじることがほとんどない。何をされても何を言われても、小馬鹿にしたような眼差しでやり過ごしてしまうのだ。

彼女は姉以外の人に執着しない。時々葉歌は、玲琳が違う世界にいる人間のように感じてしまう。

そんな玲琳が、鍠牙のことをあれほど怒り、嫌っているのは不思議でしょうがなかった。

葉歌はもじもじと手をもみ絞り、ちらと目を上げた。

「その……お妃様はどうしてあんなに怒っているんでしょう？　初夜の晩に何があったんです？」

玲琳の口からは、未《いま》だにそのことを聞いていない。彼女は頑《かたく》なにそれを言おうとはしなかったのだ。口にも出したくないほど腹が立ったのだろう。

恐る恐る聞いてみると、鍠牙は記憶をたどるように視線を彷徨わせ、

「姫はずいぶん、姉想いなんだな」

「え？　彩蘭様のことですか？　ええ、はい、そうですね」

姉想いなどという可愛らしい程度は超えていると思うが、葉歌は話の腰を折らずに同意した。

「おそらく、俺が女帝を愚弄したのが気に食わなかったんだろう」

「……え？」

にわかには信じられず、葉歌はぽかんとする。じわじわ言葉の意味を解し、次第に体が震えてきた。

「……彩蘭様を、愚弄したんですか？」

「すまないな。売り言葉に買い言葉でつい言ってしまった」

さらっと肯定され、葉歌はめまいがした。

「その……いったい何とおっしゃったんです？」

聞きたくない。でも聞かねば。

くらくらしながら、かろうじて聞く。鍠牙は再び視線を巡らせた。

「たしか、斎の女帝は頭が悪いと言った気がするな」

その答えに、葉歌は目の前が真っ暗になった。膝から床に崩れ落ち、両の拳を床に打ち付けた。

「ああ……あああああ……何て愚かなことを！　王様、あなたは自分が何を言ったか分かってますの!?　控えめに言っても……あなたは馬鹿です！　馬鹿！」

全然控えめではない。

怒鳴る葉歌を、鍠牙は興味深そうに見下ろしている。さりげなく隠した口元は、弧を描いている。

葉歌は床に打ち付けた握り拳を、ぶるぶる震わせて呟いた。

「王様……側室を作ってください。お妃様は、あの方は、もうあなたを受け入れません。ええ、絶対に。なぜならあの方は李玲琳です。あの方は、あなたが思っているより百倍……いえ、千倍変人なんです！」

訳の分からないことを言って嘆く葉歌に、鍠牙は真顔でうなずいた。

「侮るな。俺も彼女が相当な変人だということはよく分かっている」

本人がいないと思って、二人ともあまりに酷い言いようである。しかしそれを咎める者はいない。

そこで突然、鍠牙の背後から人が駆けてきた。

「陛下！　お、お妃様が……！」

駆け寄ってきたのは青ざめた衛士である。

「姫がどうした？」

「お妃様が、妹姫様と取っ組み合いの喧嘩をなさっています！」

衛士の報告に鍠牙は固まった。

床に伏す葉歌は顔を上げて叫んだ。

「姫様あああ！　どうして黙ってじっとしててくれないんですかああああ！」

衛士に導かれ、鍠牙と葉歌は庭の東屋へ駆けつけた。そこに広がる光景を見て、鍠牙は愕然とし、葉歌は泡を吹きかける。

玲琳が東屋の周りにある池に、鍠牙の腹違いの妹である紗南《さなん》を突き落とそうとしていた。紗南は頭を池の水に押し込まれてもがいている。

玲琳は紗南の頭をつかんで水から引き起こすと、腹を殴りつけ、口に手を突っ込み、飲んだ水を盛大に吐かせ、また池に顔を押し込んだ。

「やめてください姫様！」

葉歌が叫びながら玲琳に取りすがる。

「いくら蟲や毒を愛でる異常な姫様でも、人を殺したりしちゃいけません！　何に腹を立てたのか知りませんが、どうか静まってくださいまし！」

がくがく揺すられた玲琳は、ようやく紗南から手を離した。紗南は床に倒れ込み、ぶるぶると体を震わせている。

玲琳も紗南も着ているものは酷く乱れ、髪もぐしゃぐしゃになっていた。本当に取っ組み合いの喧嘩をしたらしい。他の女性たちは怯えたように東屋の端で身を寄せ合っている。

玲琳はぜいぜいと荒い息をついていたが、一つ深呼吸して立ち上がった。

「もういいわ」

踵を返して東屋を立ち去る。

取り残された女性たちがわっと泣き出した。

収拾のつけようもない有様だった。


魁国の後宮は広い。造りの壮麗さにおいては斎のそれに遠く及ばぬが、広さだけなら斎に匹敵するほどだ。

そんな後宮の中を、玲琳は歩いた。

後ろから憔悴《しょうすい》しきった葉歌が付いてくる。玲琳は止める彼女を無視してあちこちを覗き込んだ。

庭の井戸、厨《くりや》の棚、甕、仕舞ってある酒や菓子。煮込んでいる途中の鍋の中。

後宮に住まう一人一人の部屋を見て回ることさえした。

あまりに隅々まで調べたので、いつしか日が暮れていた。

そうして玲琳は、最後に残った場所へ足を踏み入れた。

そこは国王たる鍠牙の居室である。

扉の外にいた衛士は驚きつつもすぐ玲琳を部屋の中に通し、室内で書物を読んでいた鍠牙は突如入ってきた玲琳を見て一瞬目を見張った。

「いったいどこにいた？　夕食時に捜してもいなくて心配したぞ」

その問いに答えもせず、玲琳は素早く室内を見回す。

鍠牙は椅子に座ったまま、愉快そうに玲琳を観察している。

「例えばあなたが普通の姫なら、あなたはきっとこう言うだろう。昼間はとんでもないことをしてごめんなさい。あれには訳があったんです——とな。だが、あなたは普通の姫じゃない。普通じゃないあなたは俺の部屋へ何をしに？」

鍠牙がそう問いただすのも無理はない。玲琳が自らこの部屋へ来たのは初めてだった。

「昼間のことで話があるからに決まっているでしょう。お前を私の部屋に入れたら殺さなくてはならないから、私からここへ来たのよ」

すると今度は本気で驚いたらしく、鍠牙は真顔になった。

「あなたがそういう……ある意味普通の理由でここへ来たとは思わなかった。つまり、昼間のあの惨状に対して言い訳をしたいと？　それとも逆に、抗議でも？　彼女らはあなたをよく思っていないだろうからな。何かされたか？　罰しろというなら考えておくし、謝罪したいというなら機会を作ろう」

鍠牙は手際よく話を進めてゆく。が、彼の言葉は大きく的を外れていた。

玲琳は確かに毒草園を荒らされて腹が立ったし、今度同じことをしたら許すつもりはないが、今回は忠告にとどめて話を終えた。そう、その話はもう終わっているのだ。

玲琳はじっと真正面から鍠牙を見据えた。いや、睨みつけた。

「いったいどうした？」

いつもと様子が違うと思ったのか、鍠牙はやや真剣な顔になった。

「私は別に、罰を与えたくてあの女を池に突っ込んだわけではないわ」

「なるほど、斎では池の水に顔を突っ込む美容法でも流行しているのか？」

鍠牙は揶揄《やゆ》するように言った。

「私は真面目な話をしているの。ちゃんと聞きなさい」

「聞くから少し落ち着け」

玲琳の苛立ちを感じ取って、鍠牙は立ち上がった。

近くの卓に置かれていた酒器を手に取り、玲琳の方へ差し出す。花の香りがふわりと漂う。

「一献《いっこん》どうだ？」

玲琳は眉をひそめてその盃《さかずき》を見やり、無言で受け取る。中の液体を一口含み、そして小さく喉を鳴らし飲み込んだ。

「味が気に食わなかったか？　斎には劣るかもしれんがな」

玲琳がやけに険しい顔をしているのを案じたか、鍠牙は酒器に鼻を近づけて匂いを嗅いでいる。

玲琳はしばし黙し、ややあって口を開いた。

「お前は──私を殺したいの？」

「……はあ？」

鍠牙は素っ頓狂な声を上げた。

「がっかりしたわ。この程度で殺せると思われていたのね。私を殺したいのなら、これは効かないわよ。斎の蠱師を舐めないで」

玲琳は冷ややかに鍠牙を見据えた。

「何の話だ？」

鍠牙は心底訳が分からないという顔をしている。その顔を見て、玲琳は同じく怪訝な顔になった。

「毎朝私の部屋に茶を届けていたのは、お前ではないの？」

「茶だと？　何で俺がそんなことを？」

鍠牙はとても嘘を吐いているようには見えなかった。

「……この後宮では人に毒を盛るのが流行っているの？」

玲琳がそう確かめた途端、鍠牙の表情が変わった。

「どういう意味だ？」

声が低まる。いつもの軽やかな調子が消《き》え失《う》せて仄暗《ほのぐら》い光が瞳に閃いた。

「私の部屋には、嫁いでから毎朝茶が運ばれてくるわ。その茶にも、この盃に注がれた酒にも、同じ毒が入っているわよ。それから、昼間お前の妹が飲んだ茶の中にもね。匂いが独特だからすぐに分かるわ」

目の前で彼女が毒を飲んだ時、玲琳がどれほど慌てたか誰も分かるまい。悲鳴を上げる間も説明する間も惜しく、玲琳は必死に彼女の飲んだ毒を吐かせたのだ。

玲琳の言葉を聞いた鍠牙は、愕然として表情を凍り付かせた。

「私は正直、お前が私を嫌うあまり、毒を盛っているのではないかと疑っていたのだけど……今の様子だと違うみたいね。この毒は、お前に飲ませるために盛られたのかしら？　お前は命を狙われているの？」

玲琳は軽く盃を持ち上げてみせた。

考えてみれば、一国の王なら命を狙われることもあるだろう。

犯人は誰だろうかと考えている玲琳を無視して、鍠牙は突然歩き出した。

大股で部屋の入り口へ歩み寄ると、戸を開けて人を呼ぶ。少しすると、側近の姜利汪がやってきた。

「毒が盛られているようだ。この酒を用意した者を捜して連れてこい」

鍠牙は短く利汪に命じる。利汪は眉をぴくりと動かしたが、表情を大きく変えることなく部屋を出ていく。

いったい何が始まったのかと、玲琳はやや困惑気味に事態を見守った。

しばらくすると、利汪は人を伴って戻ってきた。

衛士に拘束された女官である。残念ながら、玲琳は彼女を見たことがあるかどうか分からない。記憶にない。女官は鍠牙の前に無理やり跪かされる。鍠牙は女官を冷ややかに一瞥《いちべつ》した。

「この酒に毒を入れたのはお前か？」

淡々と、しかし妙な凄《すご》みのある声で彼は問うた。女官は無言でうつむいている。

「妃の茶に毎朝毒を盛ったのもお前か？」

やはり女官は答えない。玲琳は跪く女官の横顔をまじまじと眺める。

「……あの茶を毎朝持ってきてくれるのはお前だったかしら？　よく覚えていないわ」

難しい顔で記憶をたどりながら玲琳は言った。

すると黙っていた女官の口元が不意に引きつり、壊れたような笑い声をあげた。

「あははは！　こんな人が明明《めいめい》様の後釜に座るなんて！」

怒鳴り声にも似た嘲笑。それが収まると、女官はぎょろりと鍠牙を見上げた。

「何故こんな人を？　明明様のことはもうお忘れに？　酷い……酷いわ……」

ぎりぎりと歯嚙みして、呪詛《じゅそ》のような言葉を吐き出している。

「それが動機ですか？　まさか王に毒を盛るとは……愚かなことを」

そう言って、怒りに満ちたため息をついたのは利汪である。

「あなたこそ！　何故こんなことを許せるのですか？　明明様はあなたの——」

「黙りなさい」

利汪が静かに、かつ強く叱責すると、女官は口を閉ざした。

そのやり取りから玲琳は推測する。

この女官は、鍠牙が以前婚約していたという従姉姫の関係者——ということだろうか。死んだ許嫁を忘れて新たに妃を迎えた鍠牙を憎み、鍠牙と玲琳に毒を盛った？

玲琳はどうにも納得がいかず、女官の横にしゃがみこんだ。突然の行動に、他の者たちはいささか驚いた様子だ。

「ねえ、お前。本当に私を殺すつもりだったのかしら？　あの程度の毒で？　言っておくけれど、蠱師に毒は効かないわよ。もしかしてお前、毒のことには詳しくないんじゃない？　なんなら、この私が自ら教えてあげてもいいわよ」

玲琳は自分の胸を指先でとんと叩いた。

「……何を言ってるんです？」

女官は頰を引きつらせて埣琳を見た。まるで異常者を見るような目だが、人を毒殺しようとする人間にそういう目を向けられるのは心外である。

「私は明明様があまりにお可哀想で……」

「一つ聞かせろ」

女官の言葉を遮って、鍠牙が言った。

「あの毒は誰が用意した？」

「……何のことでしょう」

女官はどことなくぼんやりした目でうつむく。

「あれはお前が用意したものじゃないな？　お前にこの毒を与えた者がいたんじゃないか？」

「……あなたは何をおっしゃっているんですか？」

鍠牙は跪く彼女に手を伸ばし、その顎をつかんで無理やり上向かせた。

「裏に誰かがいたはずだ。誰にそそのかされた？」

地を這うような声で問われ、女官はがたがたと震えだした。

「だれ……だれが……私は……何を……だって……」

意味をなさない言葉が切れ切れに零《こぼ》れる。瞳が正気を失って震える。

何も得られないと分かるや、鍠牙は放り投げるように女官から手を離した。

「連れていけ。吐かせた後は始末していい」

冷たく言い捨て、鍠牙は女官から目線を切った。

利汪は恭しく頷き、女官を立たせて部屋から連れて行った。


鍠牙の部屋に留《とど》まった玲琳は、突然の成り行きに困惑していた。

「お前、あの女官を殺すの？　あの女は誰も殺してはいないのに？」

「……一つ聞いていいか？」

鍠牙は玲琳の問いに答えることなく、苛立ったように聞いてきた。

「何？」

「何故、毒を盛られていることを黙っていた？」

「何故と聞かれても困るけれど、特に命の危機を感じなかったからかしら。私が毒を飲んで死ぬような無能なら、生きている価値はないわ」

平然と言った玲琳に、鍠牙は苦い笑みを向けた。

「なるほどな、毒で死ぬのは無能か……」

「別に無能だからといって罪ではないわよ」

ここで無能という言葉を否定しないところが李玲琳であったが、本人に無礼な口をきいたという自覚はない。

「これからはあなたの口にするもの全てを毒見させる」

「いらないわよ。私に毒は効かないと言っているでしょう？　蠱師が毒で死ぬなどありえないわ」

そう答え、そこではたと思い至った。

「ああ、そうなの……どうしてお前は嫌いな私を傍に置いて、いつも共に食事をしたがるのだろうって思っていたわ。まるで私を監視しているみたい。お前はいつもふざけているけど、頭の良い男だものね。こういうの、何というのかしら？　小賢《こざか》しい？」

玲琳は首をひねって言葉を絞り出す。

「お前は小賢しい男だから、私を監視する理由があるのだと思っていたわ。私が誰かに何かをしないように見張っているのか、あるいは私が誰かに何かをされないように見張っているのか……。お前が私に毒を盛っていて、警戒心から見張っているのかと思っていたけど、違ったのね。お前、私の毒見役を務めていたのでしょう？」

ようやく合点がいった。ただ、先ほど女官を詰問した鍠牙の様子が気になった。

「裏に誰かがいるというのはどういうことなの？　お前は何か知っているの？」

そこで玲琳はふと違和感を覚えた。

鍠牙は険しい顔をしている。いつもの人をおちょくって笑っている彼とは別人のように見えた。

それはまあ、自分と妻に毒を盛られて笑っていられる人間はいかがなものかと思うが、彼はそういういかがなものかと思うような言動をとる人間だったし、更に言うなら、そういう人間を演じられる人間であった。

しかし今の彼に、そんな振る舞いをする余裕は全く感じられない。

そもそも、玲琳の話を聞いていないようだった。

「どうしたの？　お前、顔色が悪いわ」

玲琳は訝るように言って、鍠牙に近づこうとした。しかし、

「……出ていってくれ」

鍠牙は硬い声で玲琳を拒んだ。

「何故？」

「いいから出ていけ！」

突如怒鳴る。彼が怒鳴る姿を玲琳は初めて見た。

鍠牙は真っ青になっていた。苦しげに顔を歪《ゆが》めて、いきなりその場に頽《くずお》れる。

「え！　ちょっと、どうしたの？」

玲琳はすぐさま駆け寄りしゃがみこんだ。鍠牙は苦悶《くもん》の表情を浮かべて蹲《うずくま》っている。

「まさかお前、あの酒を飲んだの？」

玲琳は鋭く問いただす。飲んだのだとしたら、少し時間が経っている。吐き出させても無駄かもしれない。

焦り、ぶわっと全身から発汗した。しかし鍠牙は苦しみながら首を振った。

「違う……毒など飲むものか。ただの持病だ」

「持病？　何か病に罹《かか》っているの？」

玲琳が心配して手を伸ばすと、鍠牙は触れられる前に玲琳の手を叩き落とした。

「うるさい！　出て行けと言っているんだ！　今すぐ消えろ！」

聞いたこともないような大声で怒鳴る。玲琳はさすがに驚き、一瞬固まり、しかしすぐさま彼の脳天を手刀でビシッと叩いた。

「落ち着きなさい」

玲琳が穏やかな声ではっきり言うと、鍠牙はようやく理性を取り戻して玲琳を見やる。床に座り込み、壁に背を預けて苦しげに息をしている。

「どこが悪いの？　苦しいの？　痛いの？」

「……あちこち痛むだけだ……ずっと昔から……」

「全身痛いということ？　昔から？　まさか……」

玲琳ははっとして立ち上がり、急ぎ部屋を飛び出た。廊下を猛然と駆け、杯に井戸水を汲んでくる。そして自分の指先をきつく噛み、皮膚を破ってぷっくりと浮かんだ血の球を、一滴水の中へ落とした。

蹲る鍠牙の傍へしゃがみ、顔を起こさせる。

「この水の中へ唾を垂らして」

鍠牙は苦しげに顔を歪めて玲琳を見上げた。訳の分からないことを言われたという顔をしている。

「いいから唾を垂らしなさい！」

玲琳は強く言い、杯を近づけた。

鍠牙はもう考えることもできないのか、言われるまま杯の中へ唾を垂らした。その唾が水の底へ沈んでゆくのを見て、玲琳は目を見張る。

「お前……中蠱《ちゆうこ》しているね？」

「……何だ？」

「蠱に中《あた》っているね？　いったいいつから？」

玲琳はきつく問《と》い質《ただ》す。しかし鍠牙は答えなかった。

「……ちょっと待っていなさい！」

玲琳は思案の末に立ち上がって部屋を出ようとし、しかし踵を返して窓を開け放った。そこから庭園に飛び降り、夜の庭を駆けてゆく。

後宮の間取りは大体頭に入っている。玲琳は自分の毒草園に向かって走っていった。

月明かりがあり、辺りを見るにはさほど困らなかった。毒草園にたどり着くと、息を整えて呼びかける。

「来て！」

その呼び声に応え、毒草園に潜んでいた白く大きな蛾がふわりと舞った。その蛾を頭にとまらせ、毒草を三種類ほど引っこ抜き、自分の部屋へ駆け込む。そこに置いてあるすり鉢、すりこぎ、水差し、いくつかの小瓶、そして小刀を摑み、また庭へ。元来た道を駆け戻ると、鍠牙の部屋へ窓から侵入した。

鍠牙は壁に寄りかかってじっと目を閉じていた。夜の明かりでもわかるほど、顔色が悪い。もしや息をしていないのではと思わせるほど、鍠牙には生気がなかった。

「死んだの？」

玲琳は足早に近づきながらきつく問うた。鍠牙の瞼《まぶた》がかすかに開いた。

「ああ、生きていたね」

ほっとしつつ、玲琳は鍠牙の腕を引いた。ゆっくり立たせ、寝台に寝かせる。

そうしてすぐ近くの床に座り、胡坐《あぐら》をかいて足の上に大きなすり鉢をのせ、採ってきた毒草の根をちぎって放り込むと、丹念に擦り始める。その上を毒蛾《どくが》が舞い、白く輝く毒の鱗粉《りんぷん》を落とす。

ごりごりと響くすり鉢を、鍠牙は寝台に横たわり薄目で見ている。

「……とどめを刺す気か？」

確かに玲琳の扱っているものは毒以外の何物でもないから、彼がそう思うのは当然だ。

「お前に説明しても無駄だから、黙っていなさい。私は蠱師よ」

「……蠱師は人を殺すものだ」

鍠牙は疑わしげに言う。

「ええ、蠱師は人を殺すわ。お前は私をただの毒愛好家だと思っているのかもしれないけれど……まあそれは否定しないけれど……『蠱毒の民』の蠱師はただの暗殺者ではないのよ」

玲琳は擦り潰した毒草に、小瓶の液体を少しずつ調合してゆく。そこへ水差しの水を注ぎ、さらに擦る。

すり鉢は、黒っぽいどろりとした液体で満たされた。最後に玲琳は小刀で指の嚙み傷をさらに深く切り、そこから滴る血をすり鉢へ落とした。

その瞬間、黒い液体がぱあっと光を放ち、深紅へ変じた。

「飲んで」

玲琳は立ち上がり、枕の横にすり鉢をどんと置くと、中身を匙《さじ》ですくって鍠牙に差し出した。独特な臭気に、鍠牙は顔を背けた。

「口を開けなさい」

玲琳は語気を強めた。が、鍠牙は酷く苦しそうな顔をしつつも受け入れようとしない。

「余計なことを……しなくていい。いつものことだ……朝には治まる」

言われて玲琳は呆れた。

「お前は馬鹿なの？　蠱毒が自然に解蠱されることはないわ。いいから口を開けなさい。楽になるわ」

玲琳は鍠牙の肩を押さえる。鍠牙は玲琳の手を押し返そうとする。

「……死ねば楽になれると？」

「は？　お前、毒を飲まされると思っているの？」

玲琳はだんだん面倒くさくなってきた。そもそも、言葉で相手を説得するのがあまり得意ではない。

「仕方がないわね……」

玲琳は匙を引き、それを自分の口に入れた。毒ではないことの証明に――とはいえ、玲琳に毒は効かないのだが。

鍠牙は少し驚いた目をして玲琳を見上げている。

玲琳は息を止めて口の中の液体を飲み込まないようにすると、鍠牙の鼻をつまんだ。

「何を……」

　と言いかけて開いた口に唇を重ね、両手で頬を押さえ込み、無理やり口内の液体を流し込む。

　玲琳が離れると、鍠牙は酷くむせた。

　せき込み、えずき、半身を起こすと、荒い息をしながら涙目で玲琳を睨んだ。

「どういうつもり……」

　鍠牙はしゃべりかけたが、そこでまたぐっと吐き気が込み上げたらしく口元を押さえた。

「吐いてはだめ。我慢しなさい」

　玲琳は鍠牙の肩を押して寝台に再び横たわらせた。

　鍠牙はもう抵抗する力もないらしく、屍《しかばね》のようにぐったりと転がる。

　放心したように天井を眺めていたが、しばらくすると怪訝な顔で玲琳の方を見た。

「いったい何を飲ませた？　痛みが消えたぞ。まさかここはあの世で、俺は死んでいるんじゃないだろうな？」

「つまらない冗談が言えるのは結構なことだわ。飲ませたのは解蟲薬よ」

「馬鹿な！　あの痛みに薬が効いたことはない！」

　鍠牙は勢いよく起き上がった。本当に信じられないという顔をしている。

玲琳はふんと鼻を鳴らした。

「蠱毒にただの薬は効かないわ。解蠱薬でなくては。あまり舐めないでほしいわね。言ったでしょう？　私は蠱師よ。『蠱毒の民』の蠱師はただの人殺しではないわ。私たちは蠱を用いて生薬を作ることができる薬師でもあるのよ」

「……だが」

と言いかけて、鍠牙はまた気持ち悪そうに顔をしかめた。

「何が入っているんだ、この臭いは」

「酷い臭いなのは仕方がないわ。白蝙蝠《しろこうもり》の腐った血液を混ぜてあるから。蠱は穢《けが》れよ。穢れはより強い穢れで打ち消すの」

玲琳は肩をすくめてあっさりと言ったが、鍠牙はその説明に青ざめる。

「……吐いていいか」

「いいけれど、また飲ませるわよ」

玲琳は淡々と答えた。鍠牙は黙った。

「自覚があるのか知らないけれど、お前は蠱毒を飲まされているわ。蠱毒は呪詛を伝える毒。お前は呪い殺されそうになっているのよ」

玲琳が粛々と告げても、鍠牙は何も言わない。ただ、驚いた様子もなかった。彼は自分の身に何が起きているのかある程度分かっているのだ。

「蠱病の症状が出たのはいつから？　どれくらいの頻度で起きるの？」

玲琳は矢継ぎ早に問う。

「あなたはいったい……何なんだ？」

「何と聞かれても、お前が知っている以上のことなどないわ。斎の皇女で、お姉様の妹で、蠱愛でる姫と呼ばれる蠱師で、薬師よ。ついでに言うならお前の妃だわ」

どうでもよさそうに最後をとってつけられて、鍠牙は苦笑いした。夜に深く沈むかのごとく脱力し、寝台に座ったままぼんやりと下を見る。

「……子供の頃、毒を盛られた」

唐突な告白だった。

「そう、何故？　誰に？」

「俺を次の王にしたくなかった政敵に。毎日だ。毒の入った茶を飲まされた。飲めば必ず具合が悪くなった。医師は蠱毒だと言ったが、治療はできないとも言った」

「犯人は蠱師か、蠱師を雇った人間ね。でもお前が王にならなくて、誰が王になるの？」

玲琳が何気なく問うと、鍠牙は苦い顔になった。

「……弟がいた。弟を王位につけたかった人間がいたんだ」

その答えは意外だった。玲琳は彼の弟を見かけた記憶がない。婚礼の場にいただろうか？

──まあ、いたとしても私はきっと覚えていないわね──

人を覚えない自覚はあるのだ。

「蠱毒を飲まされていたんだと知って、俺は茶を飲まなくなった。それで蠱術から逃げられたんだと思った。だが、今でも蠱病の症状は消えない」

鍠牙は苦い顔で言った。

「一度かけられた蠱術は、解蠱しない限り消えないわ。蠱毒を飲んだのはどのくらいの期間？」

「……さあ……一年くらいか……弟が死ぬまで飲まされた。別に俺が好きで飲んだわけじゃない」

玲琳の「飲んだ」という表現がお気に召さなかったか、鍠牙はそこを訂正した。

「お前の弟は死んだの？」

「ああ、十二年も前に死んだ」

「病気？」

「いいや、俺が殺した」

鍠牙は淡々と色のない声で告げた。玲琳は一瞬目を見張り「そう」とだけ答えた。

「驚かないのか？」

問われ、首をひねって一考。

「全く驚かなかったということはないわ。けれど、今は重要なことじゃないもの。大事なのは、お前が蠱毒で殺されかけているということだけよ」

今の話では、弟がなぜ兄に殺されたのか、鍠牙がどういった手段を用いたのか、全く分からなかったが、蠱師たる玲琳にはあまり関係がない。

玲琳が考えるべきは鍠牙の受けた蠱術だ。敵は一年かけて鍠牙に蠱毒を飲ませ、緩やかに殺そうとした。今はその最中で、中断された状態なのだ。

「……今の薬で俺の呪いは解けたのか？」

鍠牙は疑《うたぐ》るように聞いてくる。玲琳は軽く首を振った。

「いいえ、基本的に蠱毒を解蠱できるのは、術を掛けた蠱師本人だけなの。今はただ、蠱病の症状を抑えただけよ」

「ならば、俺の蠱病は永遠に治らんな」

ははっと乾いた笑みを浮かべる。

そこでふと、玲琳は気がついた。

「とりあえず、お前がどうして私を嫌うのかは分かったわ。お前は毒が嫌いなのね。だから、蠱師の私が嫌いなのね」

あまりに率直な問いだったからか、鍠牙は渋い顔で黙り込んだ。

「まあ別に、私はお前に嫌われても困らないけれど」

玲琳は軽く肩をすくめる。

「そうだろうな。あなたも俺が嫌いなんだろう？　嫌いな相手に嫌われたところで、困りはしないだろうからな」

「そうね、私はお前のことが好きだけれどね」

玲琳がさらりと答えた途端、鍠牙は今度こそ完全に固まった。

口も目も大きく開いて凍り付く姿は、何とも間が抜けている。

「どうしたの？　顔がとても変よ」

ややあって鍠牙はようやく解凍した。

「言い間違えているぞ。あなたは俺が嫌いだろう？」

「ええ、嫌いよ。大嫌い。でも好きよ。最初に見た時からずっと」

「何を言ってるんだ？」

鍠牙はもう訳が分からないという様子だ。そこで玲琳ははっと気が付く。

「ああ、勘違いしないで。お前に恋情を抱いているわけではないわよ。私、恋というものはよく分からないの。あれは才能のある人間がすることで、私にその才能はないわ」

ぱっと彼の眼前に手を突き出し、拒絶するような仕草をする。

「言ったでしょう？　私はね、毒が好きなの。毒のあるものにしか惹かれないのよ。この世で一番強く美しい毒はお姉様だわ。だけど……お前はお姉様と同じね。お前の中にも毒があるわ。そういう毒に、私はどうしても惹かれてしまう」

玲琳はそっと手を伸ばし、人差し指で鍠牙の胸を軽くついた。

「……あなたは俺を、姉の身代わりにでもするつもりか？」

鍠牙はやや皮肉っぽく聞いてきた。

そんなことを言われるとは夢にも思わず、玲琳は驚き、呆れ、怒った。

「とんだ自惚《うぬぼ》れだわ。お前がお姉様の身代わりですって？　お前ごときがお姉様の代わりになれると、本気で思っているの？　だとしたらお前はお姉様を舐めすぎだし、口先だけで言ったのなら私を舐めすぎだわ」

爛々と光る目で鍠牙を見据える。

「お姉様の代わりなど、この世のどこを探してもいないわ。お姉様はこの世で最も強く美しい、私の女神よ。お前など足元にも及ばない。けれど、私はお前を助けてあげるわ。私は蠱師だからね」

「どうやって？　術を掛けた蠱師でなければ解けないんだろう？」

「ええそうよ。けれど術を掛けた蠱師より強い力を持つ蠱師なら、その蠱術を破ることはできるのよ。だから私がお前を治してあげるわ。私は斎の『蠱毒の民』の血を引く蠱師。この大陸に、『蠱毒の民』より蠱毒を知るものはいないわ」

玲琳はにやりと笑う。

「私がいる限り、お前が蠱毒に苦しむことはないわ。だから安心して眠りなさい。眠れば体も楽になるわ」

休むことを勧めるが、鍠牙は険しい顔でかすかに首を振った。

「……無理だ。毒を飲まされてからここ十年、まともに眠れたことはない」

——十年まともに眠れていない？——

玲琳は唖然とした。

「けれど、今は痛みもないはずよ。眠りなさい」

「……」

「怖いの？」

聞くと、鍠牙の表情はこわばった。

硬い顔をしている鍠牙をしばし眺め、玲琳はちょいちょいと手招きした。

寝台に座ったままの鍠牙は、その仕草が何を示しているのか分からないらしく、訝しげな顔をしている。

彼が全く動かないので、玲琳はしびれを切らして寝台に膝をのせた。にじり寄り、反射的に後ずさろうとした鍠牙を捕まえると、玲琳は自分の胸にすっぽりと鍠牙の頭を抱きしめた。

「お前のために、毎晩解蠱薬を作るわ。私がここにいる限り、毒の後遺症で悩む必要はないわよ。私はお前が飲まされた毒よりもっと強い蠱師だからね」

しゃべるたび、硬くて柔らかい髪の感触が唇に触れる。

「……一つ聞いていいか」

「何かしら？」

「この姿勢には何の意味が？」

何故抱きしめているのかと問われ、玲琳は鍠牙の耳元に囁《ささや》く。

「これは心の毒を薬に変える秘術よ」

「ついぞ聞いた覚えがないな」

「私はお姉様から教わったわ。私が眠れない夜、お姉様はいつもこうしてくれたのよ」

幼かった玲琳に、彩蘭はこうやってぬくもりを教えた。

「つまりあれね……間接的に、お前は今お姉様に抱きしめられているということになるわね」

言った途端、鍠牙がぴしりと固まった。

「それは……全く嬉しくないな」

「そうね、残念ながら私はお姉様ほど胸が豊かではないわ。そこは諦めて」

「確かにあなたは幼いが……誰もそんなことは言ってない」

鍠牙はげんなりしたように呟く。

「俺があなたを嫌いで、あなたも俺を嫌いで、この行為に何の意味が？」

何の意味が——？　問われて玲琳は、姉の彩蘭から昔言われたことを思い出した。

姉が言った言葉を、そのまま口にする。

「体が先に動けば、心は後からついてくるのよ」

第三章

その日の政務を終えた鍠牙は、いつものように自室へ戻った。

あまり飾り気のない部屋の奥に置かれた長椅子に、座っている人物がいる。

魁国の王妃、玲琳である。

彼女がここへ嫁いでから、一か月半が経っていた。

「お帰りなさい」

玲琳は下を向いたまま言う。

「一つ言っていいか？」

「どうぞ？」

「人の部屋を汚すな」

じろりと玲琳を睨んだ。

「仕方ないでしょう？　私はまだお前を許していないもの。お姉様を悪く言ったことを忘れてはいないわ。お前を私の部屋へ入れないと言ったことはまだ撤回しないし、勝手に入ったら殺すと言ったこともまだ有効なの。だから私が自らここへ出向くしかないでしょう？」

軽やかに舌を回して言い放つと、鍠牙は苦虫を嚙み潰したような顔になった。

「そういう意味じゃない。手を洗え。服を着替えろ。人の部屋を泥だらけにするのをやめろ。俺の部屋に蟲を入れるな！」

鍠牙は指さしながら怒鳴る。なるほど彼の言う通り、玲琳は全身泥だらけで鍠牙の長椅子に座っている。椅子は泥で汚れていたし、歩いた場所にはくっきり足跡がついていた。そして玲琳の膝の上には何匹もの毒蛇が丸まっている。

「ああ、悪かったわね。忘れていたわ。自分の部屋に戻らず直接ここへ来たのよ」

自室に戻っていれば葉歌に注意されただろうが、誰にも会わなかったのですっかり着替えのことは忘れていた。断じて悪意はない。

「この子たちにごはんをあげているの。毒草と蟲師の血をまぜて食べさせるのよ。この子たちはもう蛇から蠱に変じているからね。普通の肉は食べないの。私の血と毒をたらふく食らえば、すくすくと大きな蛇蠱に育つわ。さあ、どんどんお食べ」

玲琳は蛇ののど元を指先でくすぐる。

「あなたたちってなんて綺麗《きれい》なのかしら。体の線が色っぽくて本当に素敵。ああ……死ぬならあなたたちに喰われて死にたいわ」

夢見るような瞳でうっとりと語りかける。

玲琳は、そこでじっとりとした目をしている鍠牙を見上げた。

「ほら、見てちょうだい。鱗がキラキラして模様が綺麗でしょう？　お前には特別に触らせてあげてもいいのよ。さあどうぞ」

目を輝かせて鼻息荒く、蛇を差し出す。

「やめてくれ。本当に迷惑だ」

ぐいぐいと蛇を押し付けられ、鍠牙は心底嫌そうに言った。あの夜以来、鍠牙は玲琳に対して上っ面の明るさを見せなくなった。取り繕うことをやめてみれば、鍠牙は案外口うるさい男だ。

彼が逃げるように卓へ着くと、夕食が運ばれてきた。女官たちは青い顔で給仕を終えると一目散に部屋を出る。

夕食を平らげると玲琳は言った。

「しかたがないわね。さあ、今日の薬を用意してあるから飲んで」

席を立ち、棚の上に置いていた湯呑みの蓋を取る。赤っぽい色のとろりとした液体が満たされている。

あれからというもの、玲琳は毎晩鍠牙に解蠱薬をこしらえている。

最初に飲ませた、症状を抑えるだけのものとは違う。根本的に蠱毒を消すための解蠱薬だ。

中に入っているのは煙水蜘蛛《けむりみずぐも》の卵。玲琳が毒を与えて育てた母蜘蛛から生まれた蜘蛛の卵だ。そこに様々な薬剤を加え、玲琳の血を入れてある。

蠱師たる玲琳の血液は、最も強く最も穢れた毒であり薬だ。その穢れは蠱毒をも抑え込む。

鍠牙はそれを見て、深いため息をついた。

「……心の底から飲みたくない」

と、舌打ち。態度が悪い。

「蠱病に苦しむよりはましでしょう?」

「あなたの薬は死ぬほど不味《まず》い。本当に不味い。人を馬鹿にしているとしか思えないほど不味い。そのうえ気持ちが悪くて腹が立つ。そういう意味であなたによく似ている。見事だと思う」

「お前は本当に腹が立つわね」

玲琳はじろりと鍠牙を睨んだ。

「いいから飲みなさいよ。口移しで飲まされたくなければね」

脅すように言って湯呑みを差し出すと、鍠牙はようやくそれを受け取った。

深呼吸し、息を止め、一息に飲み干す。そしてしばし悶絶《もんぜつ》。

「いったい……何を入れたらこんなに不味くなるんだ」

ようやく呼吸の回復した鍠牙は腹立たしそうに言った。

「煙水蜘蛛の卵と、毒蝙蝠の糞《ふん》と――」

「やめろ。本当にやめろ。吐くぞ」

鍠牙は手を突き出して玲琳の言葉を制止した。

「だけど、痛みはよくなったでしょう？」

「……まあ以前に比べればな」

しぶしぶ答えてまた舌打ち。品がない。

「蜘蛛がお腹で孵化《ふか》すれば、お前の体に巣くう蠱を喰らってくれるわ。一年も続ければよくなるでしょうよ」

「だからやめろと言ってるだろ。想像したくない」

鍠牙はげんなりしてうなだれる。

「子蜘蛛は可愛いのよ。そのうえお前を癒《いや》してくれるなんてすばらしいでしょう？本当はお前にかけられた蠱毒の種類や造蠱法が分かればもっといいけれど……。お前に蠱毒を飲ませた蠱師はもう処罰されたのかしら？」

生きていれば確かめられたのだが……玲琳は難しい顔でうなる。鍠牙は眉間に深いしわを刻んだまま答えなかった。

この話をすると、彼はいつも機嫌が悪くなる。思い出したくないというように。

おそらく犯人について何かしらの情報を持っているのだろうが、政敵という以外のことを口にしようとしない。

「そういえば、ここ数日なんだか周りが騒がしいようだけれど、何かあった？」

玲琳は諦めて話題を変えた。

「さあな、あなたが気にするようなことじゃない」

どうやら何かあったようだ。しかし鍠牙は教える気がないらしい。

「面倒なこと？」

「あなたには関係ない」

目の前で扉を閉めるかのような拒絶。玲琳は追及することを諦めた。

「この格好では汚れてしまうわね。今日は帰った方がいいかしら」

玲琳は己の体を見下ろして眉を顰《ひそ》める。言われるまで気づかなかったが、今日はまた一段と汚れている。

玲琳が迷った挙げ句部屋へ戻ろうかと体を引きかけたその時、鍠牙が玲琳の手をがしっとつかんだ。

「まあそう決断を焦るな」

彼はにこりと笑う。久しぶりの心中を隠すような笑みだ。

「汚れるわよ」

「確かにあなたは汚い。本当に汚い。これでも姫かと疑うほど汚い。だが、汚れても死にはしない」

「控えめに見積もっても、お前はものすごく無礼な男ね」

「俺が無礼なわけじゃない。あなたが変わり者だというだけだ」

「私は変わっていないと何度言ったら分かるのかしら。常識をわきまえたごく普通の蠱師よ」

玲琳はばしんと己の胸を叩く。

「姫よ、どう考えても蠱師はごく普通とは言えないし、あなたはそれに輪をかけて変わっているが、とにかく汚れていることなど気にすることはない。俺も気にしない」

「私だって好きで汚しているわけではないわ。基本的に蠱師というのは綺麗好きなものなのよ。私が汚いと文句を言ったのはお前の方でしょう？」

「……それはこちらの落ち度だと認めよう。ごめんなさい」

鍠牙は軽く片手を上げて、謝罪の気持ちを示した。

「仕方がないわね。いいわ、私と共に寝ることを許すわ」

玲琳がそう言うと、鍠牙はほんの少し表情を緩めた。安堵《あんど》の色がにじむ。

玲琳は汚れたままの姿で、奥の寝所に置かれた大きな寝台に腰かけた。

鍠牙はすぐに追ってくると、上着を脱いで玲琳の傍らに腰を下ろす。

「ちょっと待て、このまま布団に入るな」

慌てたように言い、玲琳の服に手をかける。腰ひもをほどき、上に羽織っている衣を脱がせる。

薄い下着になった玲琳は、これ以上文句を言われる前に寝台へもぐりこんだ。

「顔が汚い！」

鍠牙は酷いことを言い、玲琳の頬を拭う。

「いちいち口うるさいわね。文句があるなら帰るわよ」

玲琳は頬を膨らませた。

「まあ待て、汚いというのは事実であって悪口じゃない」

「……それはそうね」

「分かってもらえて幸いだ」

しかつめらしく頷き、鍠牙も寝台へ入ってきた。

寝具の間に挟まっている玲琳を手探りで引き寄せ、胸に抱え込む格好で抱きしめる。

薄い夜着を介して体のぬくもりが伝わってきた。

筋肉の付いた腕が玲琳を強く抱え込んでいる。隙間なく体を密着させていて息苦しい。

玲琳の中には数多《あまた》の蟲が潜んでいたが、それらはみな霊的な存在となった蟲であり、普通の生き物とは違っている。おそらく玲琳を抱きしめている鍠牙は玲琳のどこに触れても蟲の存在を感じることはあるまい。それでも確かに、玲琳の纏う薄絹の内側には、無数の蟲が潜んでいる。

鍠牙はそれを知っているはずだが、それでもかまうことなく玲琳を自分の寝床へ入れて玲琳を腕に抱える。

息苦しいまま玲琳はしばし耐えた。ややあって、耳元にある鍠牙の口から寝息が聞こえてきた。

玲琳はそれを聞いて安心し、全身の力を抜いて目を閉じた。

暗く静かな部屋の中で、身を寄せ合い、二人は眠りについたのだった。

翌朝、窓から差し込む朝日で玲琳は目を覚ました。

昨夜と少し姿勢は変わっていたが、鍠牙は玲琳を腕の中に閉じ込めたまま眠っていた。

玲琳が体を起こそうとすると、鍠牙は鼻に小さくしわを寄せて身動《みじろ》ぎした。

「私、蟲たちの世話をしなくてはいけないのだけど」

玲琳は狭い隙間で手を動かし、鍠牙の頬をぴたぴたと叩いた。

鍠牙はうっすら目を開ける。

「おはよう」

と、玲琳は声をかけた。

「……ん」

掠《かす》れた弱々しい声が返ってきた。

「変ね」

「……何が」

「どうして私と一緒だと眠れるのかしら？」

これまでずっと毒の後遺症に苦しんでいた鍠牙は、今まで夜まともに眠れたためしがないという。それで十年以上過ごしてきたというのは、考えただけでぞっとする話だ。

それが玲琳の薬を飲んで玲琳を抱きしめたままだと、なぜか眠れるとあの夜発見してしまった。以来、玲琳は毎日夜をこの部屋で過ごしている。

「けれど、お前は何もしないわね」

仮にも夫婦だというのに、同じ寝台の中にいるというのに、鍠牙は玲琳に対してこれ以上のことをしようとしない。

「……もう少し育ってくれればな」

寝ぼけ眼で鍠牙は言った。本当に玲琳は幼く見えるようだ。

「まあどちらでもいいけれど。私はお前が嫌いで、お前は私が嫌いで、お互い嫌いの両想いなのに、同じ寝台で眠っているなんて変ね。やっぱりお前は変わっているわ」

言葉にすると余計おかしな感じがする。

鍠牙は横たわったまま、ぼんやりした目で腕の中の玲琳を見た。

「……俺は姫を嫌いではないけどな」

「あら、そうなの？」

「……うん……もう嫌いじゃない……」

呟き、また玲琳を抱きしめる。甘えるみたいに肩口へ頭を擦り付けてくる。

「やっぱり前は嫌いだったのね。私は別段お前に好かれたいと思わないから、どちらでも構わないけれど……」

よしよしと背中を撫でながら、玲琳は答えた。

「酷いな……」

少し不貞腐《ふてくさ》れたみたいに鍠牙は呟く。

「俺は……あなたがいないと眠れないのに……」

なんだかぐちぐち言っている。かなり寝ぼけていると見える。

彼はずいぶん寝起きの悪い人間らしい。というより、今まで眠ることができなかったせいで、眠ることも起きることも下手になっているのかもしれない。

こうして寝ぼけていると、まるで人が変わったみたいだ。

「そろそろ起きましょう」

玲琳は鍠牙の体を揺する。鍠牙は顔をしかめる。

「……嫌だ……起きたくない……ずっと寝ていたい……」

「起きて仕事をしないと皆が困るわ。利汪に怒られるわよ」

「そうか……じゃあ……全員死ねばこのままでいてもいいのか……」

そんなことを言い、彼はふにゃりと崩れるように笑った。垣間見えた毒の色に、玲琳はぞくりとした。

鍠牙はまたそのまま眠ってしまった。玲琳はしばらくの間、彼の顔を眺めていた。


二人が起きたのはいつもより少し遅くなってからだった。

「もう少し早く起こしてくれ」

文句を言った鍠牙を蹴飛ばしてやろうかと玲琳は思った。

泥だらけの衣をまとって部屋を出ると、そこには側近の利汪が控えていた。

彼は慇懃《いんぎん》に礼をし、無表情で玲琳を見やる。愛想の悪いこの男は、あまり玲琳に好感を持っていないように思える。もっとも、玲琳に好感を持っている人間自体がこの世には少ないという事実が前提としてあるのだが。

「昨夜はいかがでしたか？」

「よく眠れたわ」

「それは……大変よろしゅうございました」

何を考えているのか分からない顔で、利汪はもう一度礼をする。

「そういえば、最近後宮で何か起こっている？」

「いえ、お妃様にご報告すべきことは何も」

「そう、分かったわ。お前もまともに話すつもりはないということだけは分かったわ」

さらりと返して、玲琳はすたすた歩きだした。

自分の部屋に戻ると、出迎えた女官の葉歌は期待に満ちた目を向けてくる。

「お妃様、昨夜こそ例の書物は役に立ちましたか？」

「ぐっすりとよく寝たわ」

「ええ……またですかあ……」

葉歌は深い深いため息をつく。

「別にどうでもいいでしょう。誰も彼も失礼ね」

玲琳はさすがに腹が立った。

「毎晩王様の部屋へ通っているのですもの、そりゃあこっちは期待しますよ。なのに、いつもぐっすりお休みだなんて」

被害者の顔をした葉歌は、やれやれと玲琳を着替えさせた。

「ねえ、お前は何か知らないかしら？」

「はい？　何ですか？　お妃様が変人だってことは知ってますけど？」

「私もお前が無礼者だということは知っているわ。そうではなく、このところ後宮が騒がしいような気がするのだけど、お前は何か知らない？」

玲琳は綺麗な衣に着替えて椅子に腰かける。

葉歌は「ああ」と納得して手を打った。

「流行り病がどうとか言ってましたねえ」

「流行り病？」

玲琳の眉がぴくりとはねる。大事なことを聞いた時の反応だ。

「なんでも、王宮で病が流行しているんですって。十日くらい前からですかね」

「どんな症状なの？」

玲琳はたちまち食いついた。

「さあ、私は知りませんよ。って……お妃様、変なこと考えないでくださいましね」

「私がいつ変なことを考えたというのよ」

「いやあなた、だいたい変なことしか考えないじゃないですか！」

葉歌はくわっと噛みつくように言い返す。

「お前……本当に失礼ね。いくら私でも傷つくわよ。別に変なことなんか考えていないわ。蠱師として当たり前のことを考えているだけよ」

「ほら、もう変なこと言ってますよ。あなたは蠱師じゃなくてお妃様です！」

「私が何者かは私が決めるわ」

「またそういう、こっちが否定しづらいこと言って！　お願いですから変なことに首を突っ込まないでくださいよ！」

「しかたがないわね。それなら、お前が調べてきてくれるかしら？」

玲琳はにこっと笑った。

「…………はい？」

葉歌は目が点になる。

「流行り病のことを調べてきて。どういう症状でどの程度の被害があるのか」

「……お妃様、私は間諜《かんちょう》じゃありませんよ？」

「もちろん分かっているわ。お前は私付きの女官でしょう？　私を守るのが仕事ね？

それなら、私の周りで起こる危険について、調べてくるのは当然のことではないかしら?」

「いや、それは……そうですけど」

「お願いね」

にこやかに笑いかけられ、葉歌ははくはくと口を開閉させた。

「わ……分かりましたよ」

がっくりと肩を落として応じる。

玲琳は礼を言い、軽やかな足取りで蟲たちの待つ毒草園へと繰り出した。


「かなり深刻な病みたいですよ」

葉歌がそう知らせてきたのは翌日の昼だった。

毒草園で蟲の世話をしていた玲琳は、感心して言った。

「私、お前のそういうところ好きよ」

あんなに文句を言っていたくせに、きちんと調べてくれるとは頭が下がる。

「私はお妃様のそういうところ大嫌いですけどね」

葉歌は頬を引きつらせた。

「で? 流行り病はどんな様子?」

「昔からこの国にある風土病だそうですよ。数年に一度流行るんですって。街の方にも患者が日に日に増えていて、このままでは国中に広がるかもと、みんな怯えているみたいですわ。街の医師は戦々恐々でしょうね」

「それは大変だわ。私も街まで治療を手伝いに行こうかしら」

「絶対にやめてください。絶対に、やめてください！　お妃様が勝手に後宮から出られるはずないでしょう!?」

真顔で諭され、玲琳は思いとどまる。

「そうね、私がするべきことは他にあるかもしれないわ」

ただ手伝いに行くならだれでもできるが、玲琳には蠱師にしかできないことがあるはずだ。

「あなたがするべきことは、今夜王様の寝所で、例の書物の内容を実践することだと思うんですけどね」

葉歌は、あははと乾いた笑い声を立てた。

「冗談はさておき、いや、全然冗談じゃないんですけどね……それはさておき、後宮が騒ぎになってるのは、病を最初に発症したのが後宮の人間だからだそうですよ。危ないですから、患者には決して近づかないようにしてくださいね」

「そうだったの。ちゃんと治療を受けているのかしら？」

玲琳は口元を押さえて表情を曇らせた。

「みたいですよ。ちゃんと隔離して看病されているって。場所は知りませんけど、後宮からはもう出ているんじゃないですかね。だから、お妃様が心配なさることはほんの少しも少しも少しもないんですからね！」

「そう……なら安心ね。ところで、後宮からこっそり出られる場所ってあるのかしら？」

「……何考えてます？　やっぱり街に出て行こうとしてません？　絶対絶対ダメですからね！」

「お前、私に何もせずじっとしていろというの？」

「そーですよ！　何もせずじっとしててくださいまし！」

「……仕方がないわね」

「分かってくださって幸いです」

葉歌はほっと息をついた。

玲琳は身支度を終えるといつも通り蟲たちの待つ毒草園へ行く。

仕方がない――葉歌が味方になってくれないのなら、仕方がないから自分で何とかすることにしよう。

そう決めて、玲琳は毒草園を通り過ぎると広い庭園を歩き出した。

——壁を越えるのは……無理よね。出入りの商人に変装？　服がないわ。誰か協力してくれないかしら——

腕組みしながらとぼとぼ庭園を歩いていると、時折女官たちとすれ違う。彼女たちは玲琳を見ると皆ぎょっとして身を引き、頭を垂れ、決して動こうとしない。

玲琳は、なんだか自分が猛獣になったかのような心地がする。

鍠牙の妹を毒から助けた時から——というのは玲琳の一方的な解釈であり、傍目《はため》には彼女を殺そうとしたように見えても無理はない。だからといって、それをいちいち訂正して回るほど玲琳は周りの人々に興味を持っていないのだった。

人には興味がないくせに、病の人間がいれば駆けつけずにはおれない。これは何とも矛盾していると、自分でも時々思う。

——だけど、そこに私がやるべきことがあるなら、それをするのは当たり前よね。別に私がおかしいってことはないわ。だいたい、どこへ行っても人をおかしいとか異常者とか、勝手に決めつけて失礼じゃないの。蠱師が毒を扱うのは普通だわ——

玲琳は適当に自分を納得させて庭園を歩いた。

どこか外へ出られるところはないだろうかとあちこち探し、今まで一度も足を踏み入れたことがないくらい遠くまでやってきたとき、せわしなく走る女官が見えた。後宮内で走る人間を見るのは珍しい。酷く焦っている様子が見て取れる。

玲琳は彼女に近づき声をかけた。

「何かあったの？」

「？　あなたどこの下女？　今は大変な時なのよ。王太后陛下が病で倒れてしまったんだから」

玲琳は彼女に見覚えがなかったが、彼女の方でも玲琳を誰だか把握できていないらしい。玲琳は人の集う場所へ顔を出すことがほとんどなかったし、魁の女性に比べると歳より幼く見える。おまけに着ているものは王妃と思えぬほど地味で動きやすい衣だったから、一目で玲琳を王妃と看破できるものはいないに違いない。

「王太后陛下というのは？」

玲琳はその言葉を聞き返した。

「国王陛下の母君、夕蓮様のことよ！」

女官は苛々《いらいら》したように声を荒らげた。

その名を聞き、玲琳はぎくりとする。

玲琳の友人となった夕蓮は、あれからしばしば玲琳の毒草園を訪ねてきた。鍠牙の妹を殺そうとしたと言われている玲琳を、それでも彼女は友人だと思っているようだ。相変わらず猫を頭にのせ、蟲を怖がり、それでも玲琳に会いに来る。そういう彼女を、玲琳は嫌いではない。好きか嫌いかと聞かれれば、とても好き。

しかしここ数日、夕蓮とは顔を合わせていなかった。友人が病で倒れていたなどとは夢にも思っていなかった。

「忙しいから行くわよ」

女官は玲琳を置き去りにし、走って行ってしまう。

玲琳はぐっと唇を噛んで彼女の後を追った。

夕蓮の部屋は後宮の一番端にある小ぢんまりとした部屋だった。部屋の前に幾人もの女官や医師らしき人々が集まり、険しい顔をしている。泣いている者もいた。

「私が診るわ。中へ入れて」

玲琳は彼らの群れに飛び込み、叫んだ。その場の人々は呆気にとられ、非難するような眼差しを向けた。

「お嬢ちゃん、見習いの女官かい？　勝手にこんなところへ入り込んじゃいけないよ」

男性医師の一人が玲琳の肩を摑んで諭した。

ここにも、玲琳の顔を見たことがある人間はいないらしい。

「お前は魁の薬師？」

「薬師？　私たちは医師だよ。薬師というのは古い国の言い方だね」

「どちらでもいいわ。私を中へ入れなさい」

玲琳は医師の手を振り払って声を張る。すると、部屋の中からカタンと音がした。

「……玲琳？」

扉の向こう側から、かすれたような女の声が聞こえる。

よく知った、夕蓮の声だった。

玲琳はとっさに扉へ手をかけ、無断で開けていた。

「君！　勝手に入っちゃダメだ！」

医師が叫んだが、玲琳はそれを無視した。

開いた扉の前に、驚いた顔の夕蓮が座り込んでいる。その膝に五匹の猫たちがすがり、にゃあにゃあと悲しそうに鳴いていた。

彼女を見て、玲琳は目をむいた。

夕蓮の顔や手には、黒い痣《あざ》がいくつもいくつも浮かんでいた。

「その痣は……」

呆然とする玲琳に夕蓮は笑った。

「……見ないで。お願いだから出て行って、あなたにもうつっちゃうわ。私の可愛がってた女官たちにもうつったのよ。これ以上被害を広めないで」

夕蓮は、病の苦しみなど感じさせぬいつもの朗らかな声で言った。いつもの笑顔、いつもの声。しかし、立つこともできずその場に座り込み、全身に冷や汗をかいていた。

「……後宮で最初に病を得た人間というのは、もしかして？」

「………他の患者たちが死んでしまったら、私のせいになっちゃうわね」

力なく笑う。

「夕蓮様！　寝ていなくては！」

涙目の女官たちが玲琳を押しのけて部屋に押し入り、夕蓮を寝台へ運ぼうとする。

「みんなダメよ。入っちゃダメ。うつってしまうから近づかないで。私は一人で大丈夫だから」

夕蓮は女官たちの手を遮り、自分で立ち上がった。

裾からちらと覗いた白く細い足にも、黒い痣が見える。あまりにも痛々しい姿だ。

玲琳は彼女の痣を凝視した。

「ああ……夕蓮様……」

女官たちはさめざめと泣きだした。主が死んだら自分も生きてはいられないと言わんばかりに。

「君、早く出なさい」

後ろから医師が玲琳の腕を引き、夕蓮の部屋から外へ出した。

泣いている女官たちも、部屋から出てゆく。扉が占められる寸前、玲琳は叫んだ。

「私が治すわ！　待っていなさい！」

ばたんと音を立てて扉が閉まると、女官たちは嗚咽《おえつ》を漏らした。

医師たちも、目頭を押さえている。

玲琳はただ一人、冷徹な瞳で夕蓮と自分を隔てる扉を見ていた。

彼女の体に現れていた黒い痣が脳裏に浮かぶ。頭の中がすさまじい速度で回転していた。

「……流行り病……と、言ったわね。あれは本当にそうなの？」

「何を言ってるんだ。あれは数年に一度魁を襲う流行り病だよ」

「本当に？　いつもと違いはない？」

玲琳がしつこく聞くと、医師は怪訝な顔で首をひねった。

「……言われてみれば、痣の色が少し濃いようだが……いや、そんなことを聞いてどうするんだい？」

「……病をうつされた患者というのは、今どこにいるの？　後宮から里へ返されたのかしら？」

玲琳は医師の問いに答えず、淡々と問いを重ねる。

「いや、西の離れに隔離されている。後宮からは出ていないよ。だがね、お嬢ちゃん。いたずらに首を突っ込むのは感心しない。おとなしくお帰り」

「ご忠告ありがとう。もう行くわ」

分かったわとは言わず、玲琳は彼らに背を向けた。

裾を蹴りながら庭園へ戻ってゆく。

西の離れというところに、玲琳は行ったことがなかったが、とりあえずいつも太陽が沈んでいる方角へ進む。

西へ西へと探りながら歩いていると、後宮の西の端にひっそりと簡素な意匠の建物が佇むのを発見した。窓が少なく、閉め切った蔵のように見える。なるほどあれかと当たりをつけ、玲琳は近づいた。

病の治療をするのなら、その道具が必要だ。蠱、蠱術道具、毒草——玲琳が使うものは多い。

しかし、先にそれを取りに行っては、葉歌に見つかるかもしれない。玲琳が何をしようとしているか察すれば、葉歌は玲琳を縛り上げてでも患者に近づけないだろう。玲琳は身一つであっても、まず患者のもとへ行かねばならなかった。

西の離れの傍へ行くと、建物の入り口に壮年の衛士が立っているのが見えた。彼は玲琳に気づくと、怪訝な顔をする。

「流行り病の患者がいるという西の離れはここ？　中へ入れてちょうだい」

玲琳が請うと、衛士は目をむいた。

「ダメに決まっているだろう。君はどこの誰だ。後宮の下女か？　馬鹿なことを言っていないで帰りなさい。ここに近づくのは禁止されている」

彼はしっしと玲琳を追い払おうとした。またしても下女と言われたどころか、犬のような扱いを受け、玲琳は言い返す。

「私は薬師よ」

掌で自分の胸を叩く。葉歌がここにいたらきっと「あなたは薬師である前にお妃様です！」などと怒っただろう。

蠱師でなく薬師と名乗ったのは、蠱師が一般に人殺しを生業《なりわい》とする存在だからである。蠱師と名乗るものに治療を任せるものは多くあるまい。

しかし衛士は厳しい顔で首を振った。

「薬師？　薬師なんぞ中に入ったって無駄だ」

「何故？」

玲琳は困惑した。薬師が病人のいる場に入るのが無駄だなんて、そんな馬鹿げた話は聞いたことがない。

「お嬢さん、本当に薬師か？」

驚く玲琳を衛士は疑う。

「本当に薬師よ。どこからどう見ても薬師でしょう」

「いや、全然薬師には見えないが……本当に薬師なら、ダメなのは分かるだろ」

「分からないわ。私はこの国へ来て日が浅いの」

　衛士はちょっと目を見開き、なるほどという顔をした。

「あれはこの国特有の病だから、よそから来たお嬢さんは知らないだろうが……あの病に罹ったら、こうやって隔離しておく決まりになっているんだ。国中で今そういう対処をしているんだよ。病が去るまで絶対に患者を出すことはできないし、医者も薬師も誰も中に入ってはいけない。水と食べ物を窓から差し入れる以外は何もしない」

「では、どうやって治療を？」

「治療はしない」

「何故？」

「しても無駄だからだ。この病には治療法がないんだよ。病に罹ったら百人のうち九十五人は死ぬと言われてる。ただ隔離されて横になってじっと待つ。そうして運よく五人の中に入る以外、生きるすべはないんだ」

　玲琳は愕然として返す言葉を失った。

「この中には今三十人の患者がいるが、助かるのは一人か二人ってとこだろうな。それ以外は死んじまうよ」

　衛士はどことなく遠い目をして呟く。

「お前……平気なの？」

死ぬのを待つ患者を前にして平気なのかと玲琳は問うた。瞬間、衛士の瞳に苛烈な光が閃いたが、その光は一瞬で掻き消え、彼は無感情に玲琳を見た。

「平気じゃないさ。この中には俺の娘もいる」

どこまでも淡々と告げられ、玲琳はしばし無言で衛士を見返した。

「王太后様付きの女官でな。そりゃもう王太后様に心酔して、毎日幸せそうにお仕えしてた。病をうつされたからって、俺は王太后様を恨んじゃいないさ。流行り病なんだ。仕方ないんだ」

衛士は耐えるようにぐっとこぶしを握った。

そんな衛士を真っ直ぐ見つめ、玲琳は再び言った。

「私を中へ入れなさい」

「お嬢さん、いい加減にしてくれ。ここへ入った人間を外へ出すことはできないんだ。あんたが中へ入ったら、俺は鍵を閉めてあんたを閉じ込めなくちゃならない。あんたは数日と経たずに病に罹るだろう。俺があんたを死なせることになっちまう」

衛士はやや苛立ったように頭を掻いた。

「鍵を閉めてもかまわないわ」

玲琳が頑として告げると、衛士は一瞬呆気にとられた様子で口をぽかんと開き、何か騙されているのではないかというように玲琳をじろじろと眺め回した。

「私は斎帝国の蟲師よ。蟲師は人を殺すことも、人を救うこともできる術者だわ。お前たちの知らない術をいくらでも知っているの。私なら、お前の娘を助けられるわ」

玲琳は励ますように、あるいは恫喝《どうかつ》するように宣言した。玲琳の衣の襟元からちらりと蛇の顔がのぞいた。衛士はぎょっとして後ずさり、しかし玲琳の言葉に表情を揺らがせた。

「……本当か？」

「ええ、斎の蟲師に、治せない病はないわ」

「…………本当に？」

「私を追い返したら、お前はきっと後悔するわよ」

衛士は固まり、葛藤するように沈黙した。

その瞳には期待や諦めや怒りや困惑……様々な感情が現れては消える。

しばし無言の時が過ぎると、衛士は観念したように道を譲った。

何も言わず、鍵を一本差し出す。玲琳はそれを受け取り、厳重に閉ざされた離れの鍵を開けた。

衛士は自らの過ちを見まいとするかの如く玲琳から目をそらしている。玲琳は彼の手に鍵を返し、扉を開いて中へと身を滑り込ませた。

むわっとした胸の悪くなるような空気に包まれ、玲琳は眉を顰める。背後で施錠の音がした。

中は暗く、高いところにある小窓から入ってくる明かりが唯一の光だった。

下に目を向ければ、床一面に布団が敷かれて患者たちが横たわっている。

そこから呻《うめ》き声が立ち上り、建物いっぱいに響いている。

病には病の氣《き》というものがある。病の氣に触れると、人は病に罹ってしまうのだ。

妖怪や鬼などは強い病の氣を持っていると言われている。その中でも、蠱は最も強い病の氣を持っていると言われていた。

「蠱師に病の氣は効かないわ」

玲琳は己を奮い立たせるかのごとく呟く。

自分は嘘を吐いてしまった。

斎の蠱師に治せない病はないなど、とんだ戯言《たわごと》だ。

斎の薬師が大陸随一の医療技術を持つのは事実だ。特に玲琳の母は『蠱毒の民』の蠱師であり、蠱毒を用いて人を治療する薬師だった。

だが、それでも救えぬ命は数多あった。玲琳は母の傍で何度もそれを見ている。

そもそも、玲琳は蠱師や薬師と名乗っておきながら、今まで実際に患者を治療したことはただの一度もなかった。いや、正確に言うならここへ嫁いでから鍠牙の治療をしたのが初めてだったのだ。鍠牙は玲琳の初めての患者だ。

昔のことを思い出し、玲琳はひやりとする。

母は少し変わった人だった。そしてとても厳しい人だった。

蠱師になりたいという玲琳に、持てる全ての知識を与えたのは母である。

母は父の後宮に入ってからも、宮廷の患者を治療する薬師だった。蠱毒を扱う不気味な一族の末裔《まつえい》と蔑みながら、患者たちは母を頼る。

そんな母は幼い玲琳に命じた。

『まずは百種類の蠱を育て、千冊の書物を読み、一万人の患者を診なさい』

玲琳は言いつけ通りにそれをこなしたが、それでも母が幼い玲琳に患者の治療を任せることはなかった。

『私がいいと言うまで、蠱術を使って患者を治療してはいけないよ。お前が私の真似をして、間違って患者を死なせるようなことがあれば、私はお前を殺して死ぬからね』

そんなことを言う母だった。

けれども「いい」と言うより早く、母は死んでしまった。だから玲琳が蠱師であろうとするならば、自分の意志で自分の判断で行動しなければならない。

母のことを考えていると、頭の中は冷静になった。

その時、建物の外から声が聞こえた。どうやら、衛士が見張り番を替わるらしい。

衛士の足音が遠ざかるのを聞き、玲琳は患者たちに近づいた。

「……誰？」

横たわっていた女性の患者がわずかに体を起こして聞いた。

「蠱師よ。お前たちを治療しに来たわ」

「蠱師……!? わ、私たちを殺すの……!?」

ぼんやりとした瞳を恐怖に染めて、患者は呻いた。

「まさか。私はお前たちを助けに来たのよ」

「何を……言ってるの？　この病は治療できないわ」

患者が呆然と呟いたその時、玲琳の袖からぞろりと蛇蠱が這い出てきた。角を生やした蛇蠱は、患者に向かって牙をむき、シャーッと鳴いた。

「ひっ……！　化け物……！」

患者は息も絶え絶えに後ずさる。

「どうしたの？　勝手に出てきてはいけないわ。良い子だから隠れていて」

玲琳は蛇の頭を撫で、優しく諭す。しかし、蛇は爛々と燃える金の目で、患者を睨みつけていた。玲琳の眉がぴくりとはねた。

「ああ……あなたも感じているのね？　ええそう、私も疑っているわ。流行り病？　本当にそうかしら？　これは病の痣ではないわ。私はこの痣に見覚えがある」

玲琳は蛇に囁き、患者に向き直った。

「ここに水はあるかしら？」

問われた患者はちらと建物の端を見る。そこに、湯呑みと水差しが置かれていた。

玲琳は立ち上がって湯呑みに水を注ぎ、自分の人差し指をきつく噛んだ。頻繁に切り傷を作っている指はすぐに裂け、赤い血の球がぷっくりと盛り上がる。

玲琳はその雫《しずく》を一滴水に垂らし、赤い靄《もや》が水に溶けると湯呑みを患者に差し出した。

「ここへ唾を垂らして」

「……？」

頭が働いていないのか、あるいは玲琳の言が想像の埒外にあったからか、患者はぽかんとしている。

「ここへ、唾を、垂らすのよ」

玲琳は言葉を区切って強く言った。

患者は訳が分からない様子ながら、そっと顔を傾けて湯呑みに唾を垂らした。

その唾は、玲琳の血が溶けた水の底へとたちまち沈む。

玲琳の瞳が一度大きく見開かれ、すっと細まり、口元には妙な凄みのある笑みが浮かんだ。

「ああ……やっぱりそうね」

呟き、湯呑みを置く。

「お前たち、運がいいわ」

玲琳は薄く笑みを浮かべたまま患者たちに言った。

「これは流行り病なんかじゃないわ。これは蠱病よ。お前たち、蠱毒に冒されているのよ」

意識のある患者たちが一斉に息をのんだ。

水に唾を垂らすのは蠱病を見破る験蠱法《けんこほう》の一つで、唾が水に浮かべば蠱病ではなく、沈めば蠱病である。

「お前たち、人に呪い殺されるほどの恨みを買った覚えはある？」

玲琳は恐ろしいことをあっさり聞いた。

患者たちは答えられず放心している。

「覚えはないのかしら？　だとしたら、無差別の犯行かもしれないわね。程度の低い蠱師は無差別に人を殺すことがあるから」

蠱は人を喰わなければ飢餓に苦しむ。蠱師に人殺しを命じられない蠱は、飢えて術者自身を喰らうのだ。それを避けるために、蠱師は定期的に蠱に命じ、人を喰わせる。

「大丈夫よ。あなたたちにそんな品のないことはさせないわ」

玲琳は己の腕にまとわりつく蛇蠱を、人差し指で撫でた。

玲琳の血液や毒草を喰らって満たされている蠱は、飢えに苦しむこともない。

「どうして……蠱毒だなんて……誰が……誰が……！」

突如患者は感情が破裂したように叫んだ。

「それはこれから調べるわ」

患者の激昂に対し、玲琳は冷淡だった。

上体を起こしている患者を仰向《あおむ》けに寝かせ、傷のある指を患者の口へ差し込む。

患者はぐっと苦しそうに呻いた。

ふさがり始めていた傷口から、とろりとろりと血液が流れだす。玲琳の血が——この世で最も強く、最も穢れた蠱師の血が——患者を冒す。

突然患者の苦しみ方が変わった。喉の奥から人間のそれではないような唸り声を出し、びくんびくんと体を痙攣《けいれん》させる。

「この血は蠱師の血、この声は蠱師の声。あなたの主を凌《しの》ぐ蠱師の命《めい》よ。この力が分かるのならば、私の命を聞くがいい。さあ、主の名を言いなさい！」

痙攣する患者にのしかかり、玲琳は患者を苦しめているであろう蠱に命じる。

患者はひときわ大きく痙攣し、次の瞬間自らの舌を嚙もうとした。口に差し込んでいた玲琳の指が食い千切られそうになる。

その寸前、玲琳の蛇蠱が患者の喉に嚙みついた。患者は大きく口を開き、絶叫して玲琳を突き飛ばした。

玲琳は床に転がり、起き上がった時には患者の意識は途切れていた。

玲琳は呆然と床に座り込み、気を失った患者を眺める。

「ふ……ふふふ……すごいわ。なんて強い蠱なの」

我知らず笑っていた。どくどくと心臓が鼓動する。

玲琳は、今まで蠱病に冒された患者を実際に治療したことがない。鍠牙は初めての患者だが、鍠牙のかけられた蠱術はいうなれば未完成の蠱術だ。玲琳は今生まれて初めて、完成された蠱の悪意に晒されたのだ。その圧倒的悪意と邪気を浴び、玲琳は口元をほころばせる。

「いいわ、どこの誰だか知らないけれど、受けて立つわ。私は『蠱毒の民』の血を引く斎の蠱師。私の蠱は、お前の蠱より強いわよ」

玲琳はにたりと笑い、どこの誰とも知れぬ相手に囁きかけた。

蠱病に冒された患者たちをぐるりと見まわし、立ち上がる。出入り口に近づき、固く閉ざされた扉を叩いた。

「ちょっとそこのお前、私は流行り病の治療に来た蠱師よ。扉を開けなさい」

外まで届くよう声を張る。が――

「それは出来かねます」

妙に淡々とした声が返ってきた。

「この病は流行り病ではないわ。蠱病よ。蠱師である私が治療するわ。開けなさい」

玲琳は重ねて言った。すると今度は、返事が返ってこない。

「それなら、後宮の葉歌という女官を呼んできて」

それでも返事は返ってこない。

玲琳は採光用の小窓へよじ登り、外を覗いた。見知らぬ年若い衛士が入り口に陣取っている。

玲琳は小窓から下りると、扉越しにまた声をかける。

「お前、私の話を聞いているの？」

「あなたをここから出すことはできません。誰も近づけることはできません。あなたはここで死ぬんです。お妃様」

返ってきたのは妙に抑揚のない声だ。衛士はぼんやりと遠くを見ている。彼の言葉を玲琳は訝る。

「お前は誰？　私が何者か知っているの？」

衛士は玲琳を妃と呼んだ。その上で死ねと言っている。

「なぜ私に死んでほしいの？」

しかし問いかけても、もう答えは返ってこなかった。

玲琳はしばし放心した。

解蠱薬を作るには、多くの道具や材料が必要だ。しかし玲琳は、薬も毒も道具も書物も得られない状況で閉じ込められてしまったのである。

さっきまでは、まずここへ入ってから葉歌に連絡を取ればいいと思っていた。葉歌は玲琳の持ち物がどこにあるのか、おおむね把握している。

だというのに、まさか外部との連絡を一切断たれるとは思いもよらなかった。

――葉歌が知ったら、自業自得です！　とか言うのかしらね――

玲琳は唸りながら患者たちへ向き直った。

「お妃様ー、お妃様ー、姫様ー、姫様ー、玲琳様ー、玲琳様ー！」

葉歌は昼から姿の見えない玲琳を捜して後宮中を歩き回った。

まるで猫の子を呼ぶかのように、色々な呼び方で捜し人を呼びながら、あちこちの部屋をめぐり、庭園や厨まで足を延ばす。しかし玲琳の姿はない。

「ああもう、いったいどこへ行ったのかしら」

ぷんぷん怒りながら捜していたのだが、さすがに日が落ちる頃になると心配になってきた。

どこを捜しても姿が見つからないのだ。だんだん不安になってきて、泣きそうになった。

迷惑をかけて玲琳が咎められることがあってはいけないと、鍠牙には知らせなかったのだが、もう限界だった。

鍠牙が後宮に戻ってきたと聞き、葉歌はすぐさま彼の部屋を訪ねた。

「王様！　お妃様の姿がありません！　お助けください！」

「どうした落ち着け。ちゃんと話してみろ」

部屋へ戻ったばかりだったらしい鍠牙は、着替えている途中ながら葉歌を気遣った。

「きゃあああああ!!」

殿方の見慣れぬ姿に驚き、葉歌は絶叫する。

鍠牙はぎょっとして奥へ隠れ、出てくると後宮で纏ういつもの衣を着ていた。

「も、も、申し訳ありません」

腰を抜かしていた葉歌は真っ赤な顔で謝罪した。

「気にするな。で、姫がどうした？」

鍠牙は目の前にしゃがんで聞いてくる。葉歌は少しばかり緊張した。

「ええと、それが――」

葉歌は玲琳が突然姿を消してしまい、どこを捜してもいないことを説明する。

「心当たりは何もないのか？」

鍠牙は焦った風もなく聞いてくる。

「心配じゃないんですか？」

自分だけが焦っているようで恥ずかしくなり、葉歌は責めるように聞き返してしまった。

「もちろん心配だ。だが、姫ならそこら辺の床下からひょっこり出てきて『お腹がすいたわ』などと言いそうじゃないか？」

彼の言うことは突拍子もなく、葉歌は目を白黒させる。しかし、想像してみれば確かに、玲琳はそういうことをしても不思議ではない姫だった。

「それはそうかもしれませんが、その……私、一つ心当たりがありまして……」

鍠牙の物言いに毒気を抜かれて少し落ち着き、葉歌はずっと案じていたことを言った。

「何だ？」

「お妃様は、流行り病のことを気になさっておいででしたの」

すると鍠牙は少しだけ考え込むような表情になった。

「そうらしいな」

「ええ、それで私、お妃様にそのことを説明しました。そうしたらお妃様は、街へ医者の手伝いに行こうかとおっしゃっていました」

　ちらと目を上げると、鍠牙が愕然として固まっている。

「私、お妃様は後宮を抜け出して街へ行ったんじゃないかと思うんです」

　葉歌は床に座り込んだまま、ぐっと両手を握り合わせた。

「いや、まさか――」

「お妃様は、まさかというようなことをなさる方です」

　鍠牙はまた絶句。ややあって立ち上がる。

「利汪！」

　側近を呼びつけ、街中を捜索するよう言いつけている。

　どうして自分は玲琳から目を離したのだろうと、葉歌は後悔に押しつぶされそうになった。

「王様……お妃様を見つけてください。あの人は本当にどうしようもなくて……訳の分からないことばかりして……人の気も知らず好き勝手ばかりする変人だから……誰かが手を引いてちゃんと道を歩かせようとしても、すぐに振りほどいて駆けて行ってしまう困った人だから……だから、ちゃんと傍で見てあげる人間が必要なんです」

　ぽろぽろと涙が零れてくる。

「私は彩蘭様から言いつけられていたのに……ごめんなさい」

泣きながら謝る葉歌を見て、鍠牙はそっと手を伸ばした。軽く頭に手をのせ、撫でる。初めてされたその感触に、葉歌の涙は驚きで引っ込んだ。

「安心しろ。必ず見つけてやるから」

力強く言われ、思わず頬が熱くなる。

「お、お願いします」

葉歌は赤い顔を隠すように深々と頭を下げた。

この人ならきっと、すぐに玲琳を見つけてくれるはずだ。そう信じた。

しかし——それから丸一日たっても玲琳は見つからなかった。


また夜が更けてゆく。しかし玲琳の行方は知れない。

鍠牙は自室に戻り、ぼんやりと窓の外に目を向ける。開け放した窓から、秋の空気が入り込んでくる。

ずきんずきんと次第にいつもの痛みが襲ってきた。

玲琳がいないからだ。彼女の薬がないからだ。彼女の体が今ここにないからだ。

頭が痛い、腹が痛い。体の中が——いや、皮膚の内側が全て痛い。息が詰まり、意識が遠のく。床に蹲り、痛みをこらえる。この十年間、鍠牙はこうして夜を耐えてきた。

　おそらく玲琳は自分の意志で何かの行動を起こしたのだろうと鍠牙は思っている。だが、それなら今朝にでも戻ってきただろう。あるいは何かしらの方法で連絡を取ろうとするに違いない。少なくとも、それをしないほど彼女は愚かではない。だとするなら、出て行った先で何かがあったのだ。そして、今は戻ってこられない状況にある。あるいはもう――

　その先を考えて鍠牙は歯噛みした。

　自分は永遠に彼女を失うのかもしれない。もう二度と、穏やかに眠ることはできないのだ。

　想像すると全身の苦痛は酷くなり、強烈な吐き気が込み上げる。

　とっさに窓から外へ飛び出していた。草むらに跪き、嘔吐《おうと》する。幾度もえずいていると、聞きつけた衛士たちが何人も集まってきた。いつもより多い衛士たちは、ずっと玲琳を捜している。

「陛下……ご気分が？」

　衛士は恐る恐る聞いてくる。

「いや、すまないな。姫のことを案じていたら……」

　鍠牙は力なく笑って嘘を吐《つ》く。本当は彼女のことなど少しも心配ではない。楊鍠牙という人間はこういう嘘を平気で吐くことができる。

あっさりと騙された衛士たちは、痛ましげに表情を歪めた。

「姫の足取りはまだ分からないか？」

「申し訳ありません」

「お前たちが謝ることはない。何か不測の事態が起こったんだろう。昨日から本当に不審な人物を見たりはしていないか？」

念のために聞いてみると、衛士たちが一様に首を振る中、一人だけうつむいている者がいた。

「お前は何か知らないか？」

鍠牙はその衛士を真正面から見上げて問うた。衛士はびくりと身を震わせる。

「ふ、不審人物など見ていません。ただ、見知らぬ蠱師なら知っています……」

「……蠱師？」

鍠牙はその言葉を聞きとがめて繰り返した。衛士はもはや全身を震わせていた。

「そう名乗る年若い娘です。ただ、とても……とてもお妃様に関係があるとは思えませんでした。歳も……幼いですし、着ている物もあまり……」

衛士は自分に言い聞かせるかの如く言い募る。

「その蠱師をどこで見た？　今どこにいる？」

「…………西の離れの中に」

西の離れ――流行り病に罹った患者を隔離している場所だ。

気づくと鍠牙は立ち上がって走り出していた。


あれから一日半経ってしまった。

玲琳はほとんど休みなく動き続けている。昨夜はほとんど眠れなかった。一見そうは見えずとも、玲琳は大陸一の大国斎の皇女である。いつも眠る場所は寝心地のいい寝台だった。しかし、今許されているのは石畳に布団を敷いただけの寝床だ。眠ろうとしてもなかなか眠れないし、そもそも患者の看病が忙しすぎた。

汚物の処理と食事や水の世話をしながら、解蠱するため患者の体をあちこち詳しく診てみるものの、やはり蠱術の特定はまだできていない。道具や蠱や毒草がなければ、これ以上は何もできない。

夕方には食事が一度届けられた。開いた窓から差し入れられた食事は量も味も十分だったが、運んできた人物に声をかけても何も答えてはくれなかった。窓にも外から鍵がかかっていて、玲琳は誰かに助けを求めることもできない。

採光用の小窓から誰かに助けを求める機会をうかがうも、病人が隔離されている建物に近づいてくる人間は全くおらず、声の届く範囲に人の姿を見つけることはできなかった。庭園はあまりにも広すぎた。

玲琳は疲労感を覚えて息をつく。

患者たちは滋養のある食事を少ししか食べることができず、あとはずっと眠っている。わずかに差し込む月明かりが、時を止めたかのような建物の中を照らし出していた。玲琳は呻きながら眠る彼らを、膝を抱えて眺めた。

昨夜は鍠牙のところへ帰ることができなかった。今夜もきっとできないだろう。今頃彼はどうしているだろうかと少し心配になる。

玲琳が傍にいないと、苦しむのではないだろうか。寂しがるかもしれない。きっと眠れてはいないだろう。

それでも優先すべきはこの場の患者たちだ。

人の命を救うため――ではない。玲琳はすでに、己の傲慢を自覚していた。

己の縄張りで蠱毒を使った蠱師をねじ伏せたいのだ。己の方が上であると証明したいのだ。へとへとの状態で蠱病の患者に囲まれ、生まれて初めて他の蠱師と敵対している。この状態を玲琳は心から楽しんでいる。

人の命より、良識より、玲琳は蠱を愛している。

「お母様に知られたら……きっと私は殺されるわ」

誰にも聞こえぬほど小さな声で呟く。ふっと口の端で笑った。

そこで不意に、建物の外から物音が聞こえた。人の気配。

玲琳が採光用の小窓から顔を出そうとしたその時、食事を差し入れる大きな窓の鍵が開けられた。

小さく隙間が空き、誰かがのぞいているのが見えた。

玲琳は勢いよく立ち上がって窓へ駆け寄った。

「誰!?」

鋭く問うと、その人影は驚いたように窓へ飛びついてきた。

「お妃様!」

「葉歌!?」

玲琳は叫ぶ。

「お妃様!　今お助けしますね」

「いいえ、入ってはダメよ。これは蠱病だわ。この蠱病はうつるのよ。私にはうつらなくても、お前たちにはきっとうつるわ。その前に離れなさい!」

玲琳は急いで窓を閉めた。

「そんな……!　いったい何があったんですか!?　お妃様がこんな……」

「お前に頼みたいことがあるの」

葉歌の涙声を遮る。

「私の蟲と書物と毒草と蟲術道具を全て持ってきて。解蟲薬を作るわ。患者の様子を見ながら、ここで薬を作りたいのよ。持ってきて」

するとたちまち葉歌は黙った。ややあって、

「あの、お妃様……私はお妃様から目を離して危険な目に遭わせてしまったことをとても申し訳なく思っていますし、お妃様が助かるためなら何でもしたいと思っています。思っているんです。それを踏まえて聞いていいですか。蟲というのは……お妃様が育てているあの……蟲たちのことですか？　あれをここへ持って来いと？」

「ええそうよ」

「あの……私、蟲には触れませんが……」

「頑張って」

玲琳は力強く励ました。

「時間がないわ。後宮中の医師や女官に手伝わせなさい。急いで！」

そう叫んだその時、葉歌がぎょっとした顔で横を向いた。次いで、扉の鍵が開く音がする。

玲琳が怪訝な顔で音のした方を向くと、扉が開いた。

「え……何？」

困惑する玲琳の目の前に姿を見せたのは、夫の鍠牙である。

「こんなところにいたのか。姫は相変わらず突拍子もないことをするな。さあ、迎えに来たぞ」

彼はごく普通の調子で言い、玲琳の腕をつかむ。

「待って、この病気は流行り病じゃないわ。これは蠱毒よ。どこぞの蠱師が、患者に蠱毒を飲ませたの」

玲琳がそう説明した瞬間、鍠牙の表情がこわばった。

「蠱毒だと……？」

「ええ、そうよ。私が解蠱するわ。ここへ道具を持ってきて。蠱の正体が分からないから、患者を診ながら解蠱薬を作りたいのよ」

玲琳が説明を重ねていると、鍠牙は突然無言で玲琳を肩に担ぎあげ、荷物のように離れから運び出した。

二日ぶりの夜風が頬を撫で、籠もった空気を吸い続けた玲琳の胸をすっとさせた。

一瞬意識を奪われた玲琳に、鍠牙は低い声で言った。

「あなたはもう、これに関わるな」

「……？　どういう意味？」

「あなたが西の離れに近づくことを禁じる」

「……お前、何を言っているの？」

鍠牙が何を言わんとしているのか、玲琳は理解できなかった。いや、理解したくなかった。

「患者たちを治療する必要はない」

「お前!!　私の邪魔をするつもり!?」

玲琳はかっとなって怒鳴った。

患者を救わなくてはという思いではなかった。獲物をとられたという攻撃的な怒りが頭を占めている。

「あれは私の患者よ！　治療するのは私！　あの蠱を打ち破るのはこの私よ！」

感情が膨れ上がり、思い切り足を振って鍠牙を蹴った。

「私は患者を一人も死なせるわけにはいかないの！」

玲琳は患者の命より良識より、蠱師との対決を楽しんでいる。生まれて初めての高揚感に支配されている。だからこそ、命に代えても患者を死なせてはならないのだ。

しかし玲琳の訴えを聞いた鍠牙は立ち止まり、

「あれに関わるなと言ってるんだ！」

突如怒鳴った。彼がそこまで怒ったのは初めてで、玲琳は驚く。しかしそれは怒りというより、どこか怯えのようにも感じられた。

玲琳は瞬間的に怒りや興奮が吹っ飛び、黙り込んだ。

鍠牙は玲琳を自分の部屋へ連れ戻ると、その場に崩れ落ちた。扉に背を預け、床に座り込んでしまう。玲琳は彼の肩から膝に落ち、座らされた。鍠牙は自分の膝に座らせた玲琳の肩口に頭を埋《うず》め、抱きしめる。玲琳の胸元で、彼は深く深く息をついた。まるで丸一日息を止めていたかのように。

幾度も深呼吸し、鍠牙はぽつりと呟く。

「この国が生贄《いけにえ》にほしいなら、あなたに全部あげよう」

その声は、小さいのに気味が悪いほどくっきりと輪郭をもって聞こえた。

「誰が死のうが壊れようがどうでもいい。好きなだけ病に浸して滅ぼせばいい。その代わり……消えないでくれ」

「お前……今、発作を起こしているね？」

玲琳はようやく気が付いた。鍠牙は蠱病の発作を起こしているのだ。きっと今、動くこともできないくらいの苦痛に苛《さいな》まれている。そのせいで、常態ではどうにか抑え込んでいる毒々しい感情が溢れているのだ。

「ちょっと待っていなさい。お前の薬を先に作るわ。それから患者を治療する」

玲琳は鍠牙から離れようとしたが、彼は玲琳を放そうとしなかった。

「ダメだ。離れたらあなたはまたいなくなる。あなたがいなくなるくらいなら他の人間が死ねばいい」

「蠱毒を放っておけば、いずれお前にもうつるかもしれないわ。蠱毒は自然に消えることはないの。そうなれば、お前も死ぬわよ」

「ああ、それはいいな」

鍠牙は乾いた笑みを浮かべる。玲琳を抱く腕を緩め、真正面から見据える。

「全員死ねば……俺が死ぬことも許されるだろう。その後でなら……あなたも死んでいい。あなたが最後だ。俺より先には死なせない。あなたは蠱師だろう？　俺より先に死ぬというなら、その前に俺を呪い殺してから死ねよ」

暗い瞳が玲琳を射た。底なし沼のような憎悪がのぞく。

「お前は……生まれた国が嫌いなの？　出会った人が嫌いなの？　生んだ世界が嫌いなの？　それとも……そういう自分が嫌いなの？」

「……答えなければいけないか？」

深い憎悪の滲《にじ》む声を聞き、玲琳は思わず鍠牙の頬に手を当てた。

この男ほど全てを恨む人間を、玲琳は見たことがなかった。

「お前はやっぱり毒ね」

「お前のそういうところ、好きよ。お前がこの世の全部を憎む猛毒でも、私は構わないわ。けれど……私の邪魔をすることは許さない。私の縄張りを荒らした蠱師を、足元に跪かせなくてはならないのだからね」

　だけど――と玲琳は続けた。声の調子がほんの少し緩む。

「お前を不安にさせたことは謝るわ。私を失うかと思って怖かった？」

　唇を引き結んでいる鍠牙の頬をよしよしと撫でる。それは姉が玲琳を慰める時の仕草だ。

「不安ならば、私の傍でずっと私のことを見ていなさい。大丈夫よ。私は絶対にお前より先には死なないから。私を殺せる毒など、この世にありはしないわ」

　玲琳は得意げに口角を上げた。

　鍠牙は空虚な瞳でそんな玲琳を見ている。

　不安定で、頼りなく、怯え、怒り、しかし全てを諦めている子供のような瞳。

　本当の自分などといううそ寒いものがこの世にあると玲琳は信じないが、もしも存在するならば、彼の本当の顔はきっとこれだ。普段は押し隠している本性だ。そんなもの、本当にありはしないのだけれど。


　玲琳の部屋に、宮廷医師たちが集められた。全員が男性だ。

　彼らは夜更けに呼び出され、緊急事態と慌てたのか、全体的に乱れた格好をしていた。

「お前たちに、薬を作るのを手伝ってほしいの。患者を治療するわ」

玲琳は自分よりはるかに年上の医師たちに告げた。

彼らの中には先日顔を合わせた者たちも含まれていて、玲琳が王妃と知って驚いていた。

玲琳は年端も行かない少女であったが、仮にも王の妃であり、宮廷医師たちはあまり粗略な扱いをできない。しかしそれでもその要請に応じかねるのか、彼らは遠慮がちに言った。

「恐れながら、あの病には治療法がないのです。他国にはない病ですので、斎帝国から嫁いでこられたお妃様はご存じないでしょうが……」

「あれは流行り病などではないわ」

玲琳が医師の言葉を遮って言うと、彼らは一瞬ぴたりと止まり、お互い顔を見合わせた。

「それはどういうことでしょう？　流行り病でなければ何だというんです？」

「蠱病よ」

途端、医師たちはざわつく。

「蠱病!?　これは呪いだというんですか!?」

「ええ、そうよ」

「まさか……蠱病だなんて……」

「お前たち、験蠱法を試さなかったの？」

玲琳は軽く腕組みして聞いた。蠱師でなくともできる験蠱法は存在する。流行り病ではなく蠱病だともっと早くに分かっていれば、取れた手段はあっただろう。

問い質された医師たちはぐっと詰まり、うつむいて答える。

「……流行り病の症状でしたので、疑いもしませんでした」

「無能ね」

玲琳は無感情に一言告げた。

医師たちは、むっとしながらもしばし気まずそうにうつむいていたが、その内の一人がちらと顔を上げた。

「お妃様は、何故蠱病だと分かったんです？」

「私は蠱師だもの」

さらりと答えた玲琳に医師たちはまた絶句した。話が進まぬので、玲琳は勝手に先を続けた。

「嫁いできたとき最初に言ったはずだけれど、伝わっていないのかしら？　私は斎の蠱師よ。安い蠱術をひけらかすどこぞの蠱師に大きな顔をさせておくほど、斎の蠱師は甘くないわ。解蠱するために薬を作るのを手伝いなさい。患者の数が多すぎて、手が足りないのよ」

要請された医師たちは戸惑い、お互い顔を見合わせている。

幼い王妃の戯言ではと、疑っているのかもしれない。

「お前たちは医師でしょう？　患者を助けたくはないの？」

その言葉に、医師たちははっと胸を突かれたような表情を浮かべた。

「……無論、助けたいと思っております」

医師たちはしかつめらしく答える。

「ならば手伝いなさい。私なら、患者を全員助けることができるわ」

「……承知しました。何なりとお申し付けください」

彼らは一斉に礼をとった。そこで、

「俺に手伝えることはあるか？」

聞いたのは、部屋の外で成り行きを見守っていた鍠牙だ。彼は険しい顔で皆を――いや、玲琳を監視していた。

逃げないように、死なないように、自分の手の中から消えてしまわないように、その目は玲琳を見張っている。しかし、一歩も部屋には入らない。

玲琳がいつもの解蠱薬を飲ませたおかげで、発作は落ち着いているようだ。

「市井の人間にも病はうつっているのでしょう？　大量の解蠱薬が必要になるわ。足りない材料をすぐにそろえてちょうだい」

玲琳は机に置いてある紙に、筆でさらさらと足りない材料を記す。

紙を渡された鍠牙は首をひねった。

「……菓子でも作るのか？」

そこに書いてあるのは、卵、蜂蜜、干し桃——等々。

「美味《うま》そうだな」

鍠牙は真顔で言った。

「解蠱薬の材料よ。毒草や蠱は私が持っているけれど、これらはないから」

確かに美味《おい》しそうだが、卵には蠱毒を吸着する力があり、蜂蜜や桃には邪気を払う力があるのだ。むろん菓子を作るわけではない。

「……俺が毎晩飲まされている糞不味《くそまず》い薬と、ずいぶん違わないか。ついさっきも、俺はあの糞不味い薬を飲まされた記憶があるが、何の嫌がらせだ」

「糞不味いと言うのをやめなさいよ。お前のそういう無礼なところが嫌いだわ。お前が飲んだ蠱毒は時間が経っているせいで、強力な解蠱薬でなければ歯が立たないのよ。無知を曝《さら》け出して文句を言うしか能がないなら、黙っていなさい。あの薬は、私の可愛い可愛い可愛い蟲たちが与えてくれた毒で作った薬だというのに、文句を言うなど愚かだわ」

玲琳は額に青筋を浮かべて言い返した。

「だがな、姫。片や蜂蜜に桃、片や蝙蝠の糞。あまりに理不尽じゃないか？」

「ツノゴキブリの脚も入っているわよ。毒を孕《はら》むゴキブリなの。可愛いわよ」

「ゴ……おい、冗談はやめろ。本当にやめろ」

「私が蠱術に関して冗談を言うと思う？　お前のために命をくれたゴキブリに、心から感謝なさい」

鍠牙はみるみる青ざめ、口元を押さえた。

「吐いたらまた飲ませるからね」

玲琳は冷たく言う。

「あの……お二方……そのような言い争いをしている場合では……」

国王夫妻のやり取りを見守っていた医師たちが、気まずそうに口を挟んだ。

「それもそうだわ。お前の戯言に付き合っている場合ではないわね。すぐ解蠱薬作りに取り掛かりましょう。足りない材料を頼んだわよ」

玲琳はさくっと思考を切り替えて、鍠牙に頼む。その鍠牙はといえば、

「俺は何も聞かなかった……俺は何も聞かなかった……」

何やらぶつぶつ言い、材料の書かれた紙を握り締めている。

「……必要な材料をすぐに手配しよう」

ふらりと危うい足取りで、鍠牙は玲琳の部屋を後にした。


夜が明ける頃には、全ての材料が揃《そろ》っていた。

大量の卵、蜂蜜、干した桃、数多の毒草、蝙蝠の干物、蜥蜴の干物、蜘蛛の巣。

卵以外の材料を、三十個のすり鉢に分けて入れる。

「これを三万三千三百三十三回擦ってちょうだい」

玲琳にそう言われてすり鉢を渡された医師たちは顎を落とした。

「さんまん……もう少し少なくならないのでしょうか？」

「ダメよ。一回多くても少なくてもいけないわ。数を間違えたらそれは使い物にならないの。さあ、頑張って」

玲琳は力強く励ます。

医師たちは腹をくくってすり鉢を受け取った。

普通なら玲琳一人でやるのだが、患者の数が多くて一人では時間がかかりすぎてしまう。

ごりごりとすりこぎの音が部屋中に響く。玲琳の部屋には大の男たちがしゃがみ、すり鉢で怪しげな物体を擦っているという奇怪な光景が広がっている。

無言のまま、ごりごりという音に包まれて作業は続く。

玲琳自身も部屋の真ん中で胡坐をかき、抱えたすり鉢でどろりとした物体を擦った。

その姿を、やはり鍠牙はずっと見ていた。

全ての材料を擦り終わる頃には日が傾いていた。

「これで完成したのですか？」

汗をかきながら医師が聞く。

「いいえ、まだよ」

玲琳は床に並んだすり鉢を見下ろし、ゆっくり腕を突き出した。袖からぞろりぞろりと出てきたのは、大きな牙を持つ五匹の百足《むかで》。

医師たちは息をつめて玲琳から離れた。その表情には恐怖の色が見える。

各々色の違う蛇蠱たちは、玲琳の指にそれぞれ嚙みつく。その牙から伝う蠱毒と、蠱師たる玲琳の血液が混ざり、ぽたりぽたりと赤い雫になって落ちた。

その血を受けたすり鉢の中身は、一瞬で黒く変じ、とろりと滑らかな液体になる。

すべてのすり鉢に同じ処置をすると、軽く止血し、最後に手付かずだった卵を手に取った。

生の卵をとぷんとすり鉢の液体に沈める。

「よくお聞き。お前は虚、お前は実。混沌《こんとん》をその身に宿す、万物の受け皿。この声が聞こえるならば、私の毒を受け入れなさい」

人差し指で卵の殻に触れ、命じる。すると卵はゆらゆら動き始め、じわりじわりと黒い液体を吸い込んでゆく。見る見るうちにすり鉢の液体はなくなり、黒々とした卵だけが残った。

「できたわ」

玲琳は卵をそっと手に取る。熱く、どくどくと脈打つのを感じる。固唾をのんで見守っていた医師たちが、感歎《かんたん》の吐息を漏らした。

玲琳は黒い卵を皿に置き、次のすり鉢へ純白の卵を沈める。

この技は、一つのすり鉢で一人分の解蠱薬しか作ることができない。一人で全てを作るには、患者の数が多すぎたのだ。

玲琳は卵に次々蠱術をかけてゆく。三十のすり鉢に三十の卵。三十人分の解蠱薬が完成した。

玲琳はその日のうちに解蠱薬を西の離れへ運んだ。

苦しげな患者の数は減っていない。そう、まだみな生きていた。

玲琳は一番近くにいた患者の胸に、黒い卵をのせる。

「お前の主が命じるわ。お前は薬、お前は毒、毒を打ち消す黒い毒よ。さあ、お前の毒を放ってごらん」

そう命じると、卵は患者の胸の中へ沈むように吸い込まれた。

途端、患者は苦痛の悲鳴を上げた。それは人の声ではないかのような、低く、高く、頭の痛くなるような声だ。

ひとしきり叫ぶと、患者は意識を失った。体の痣は消えていた。

「これで患者は助かったんですか？」

背後で心配そうに見守っていた医師たちが聞いた。

「言ったでしょう？　私は患者を治療できると」

玲琳が軽く振り返って答えた。玲琳の解蠱薬は、間違いなく犯人たる蠱師の毒を凌《りよう》駕《が》していた。相手をねじ伏せ支配するような圧倒的快感が、玲琳の全身を駆け巡る。

医師たちは歓声を上げた。

「喜ぶのは早いわ。街にはまだ患者がいるはずよ」

この蠱病は市井にも広まっている。すぐに同じ解蠱薬を作らねばならない。

玲琳はその場の患者全員に解蠱薬を飲ませると、自分の部屋へ戻った。

新たに解蠱薬を作る準備をしながら、玲琳はふと思った。

「そういえば……私を閉じ込めた男は誰だったのかしら？」

「何言ってるんですか。お妃様が自分で勝手に入ったんでしょ？」

部屋中駆けまわりながら雑用をしていた葉歌が、じろりと玲琳を睨んだ。

「そうね、それはそうなのだけど……」

あそこへ入ったのは玲琳の意志だが、そのあと玲琳を外部と連絡が取れないようにした者がいたのだ。玲琳を入れた衛士と見張りを交代して、鍠牙たちが来るまでずっとあそこにいたはずだ。食事を差し入れたのも彼である。彼は確かに玲琳を王妃だと知っていて、玲琳の死を望んでいた。

——顔は見たけれど、覚えていないのよね——

「そんなことよりお妃様、もうずっと眠っていないでしょう？　次の薬を作る前に、少し休んでくださいまし」

ひとまず後宮の危機は去ったとみたのか、葉歌は玲琳の腕を引いて立たせた。すでに深夜だ。玲琳はもう何日眠っていないのか自分でも分からない。

「ほら、なんだったら王様の寝所で休んできてもいいんですよ」

葉歌は玲琳をそこから追い出そうとする。

ここは玲琳の部屋だが、医師であふれかえったこの部屋で休むのは無理だろう。玲琳もさすがに疲労の限界だった。

「そうね……少し眠るわ」

数日ぶりの睡眠をとるべく、玲琳は部屋から出た。寝ると決めたら途端に眠気が襲い掛かってきて、玲琳はほてほてと力なく廊下を歩く。よろけるように通い慣れた鍠牙の部屋を目指していると、玲琳の足取りは怪しくなった。

突然曲がり角から人の手が伸び、玲琳を明かりのない暗い廊下へ引きずり込んだ。

何の前触れもないその出来事に、玲琳は頭が付いていかない。今自分に何が起きているのか分からなかった。

誰かが玲琳の体を羽交い締めにしている。背後を見ると、年若い男が必死の形相で玲琳を押さえ込んでいた。

──いったい誰？──

玲琳は混乱した頭で考える。しかし、その男には全く見覚えがなかった。

「くそ、くそっ、何なんだよあんたは！」

男は玲琳の耳元で忌々しげに怒鳴る。

「あんたに生きていられちゃ困るんだ！」

玲琳の体を無理やり壁に押し付け、男は背後で何かを懐から出した。

「このままじゃ……俺は終わりだ……」

男は思いつめたように呟き、玲琳の喉に冷たく固いものを当てた。

かすかに下げた視線の端に、鈍く光る刃物が見えた。

「私を殺すの？」

玲琳は驚きすぎて逆に冷静に聞いた。取り乱すには何が起きているのか理解できなすぎた。あまりに現実味がなく、そのうえ玲琳は心底疲れ切っていた。ともすれば自分が夢を見ているのではないかと思うほどに。

「いったい何なんだ。どうなってるんだよ……このままじゃ俺は……」

男は訳の分からないことを呟いている。

「ここで私を殺したら、当然犯人捜しが行われるのじゃないかしら？　お前はそれから逃げおおせる？」

「ここで殺したりするわけないだろ。あんたには池に浮かんでもらう。疲れ切った王妃は足を滑らせて池に落ちるんだよ」

「それは無理があるわね。ここから池がある場所までは遠すぎるわ。私がそこに浮かんでいたらあまりに不自然よ。疑う者もいるでしょう。お前、その程度の方法しか思いつかないのなら、諦めたほうがいいわ」

玲琳は眠くて疲れていて、段々苛立ってきた。ぞんざいにあしらわれた男は、かっとなって玲琳の喉に刃物を強く押し付けてくる。

冷たく鋭い感触がして、喉から一筋血が滴った。玲琳の衣に潜むあまたの蟲たちが、不穏な気配を発し始める。

「あぁくそ、なんで俺がこんな目に……」

悪態をつきながら男は力を込めた。玲琳が痛みに顔をしかめる。次の瞬間、背後で男の呻き声が聞こえ、玲琳は男の手から解放されていた。

喉を押さえながら振り返ると、暗い廊下に倒れた衛士と、それを見下ろす鍠牙の姿があった。

「これはいったいどういう状況だ？　お前は俺の妃を襲っていた――という認識で合っているか？　やはり目を離すべきじゃなかったな」

鍠牙は衛士の前にしゃがみこんで軽く尋ねた。

「い、いえ……私は……」

その先を言うことができず黙り込んでしまった衛士の襟首を掴み、鍠牙は床に叩きつけた。顔面が石の廊下にめり込み、衛士は悲鳴を上げる。

「大丈夫か？　お互いのためにもきちんと質問に答えたほうがいいな。お前は彼女に何をしていた？　その答えによっては、お前がこの世に生きることを許してやってもいい」

問いただす口調はあくまでも平常通りで、男はつぶれた鼻を押さえながら恐怖に震えた。

「お許しください……」

　すると鍠牙は衛士の頭を摑み、また床へ叩きつける。

「それは質問の答えじゃないな。もう一度頑張って答えてみようか」

　優しく言い、男の髪を摑んで顔を引き上げる。衛士はもう泣きわめきそうになっていた。

「私も知りたいわ。お前は誰？　何故私を殺そうとしたの？」

　殺そうとした――という言葉に鍠牙の目元がぴくりと反応し、敏感にそれを感じた衛士が身震いする。

「き、気づいていないんですか？」

　彼は息も絶え絶えに聞いた。

「何が？」

　本気で意味が分からないという顔をする玲琳を正視し、衛士の表情は絶望感に彩られた。

「嘘だろ……俺は……何て無駄なことを……」

「訳が分からないな。ちゃんと答えないなら――」

　苛立ったように鍠牙が衛士の襟首を摑むと、彼は喉の奥で悲鳴を上げ、叫んだ。

「私です！　お妃様を西の離れから出さないようにしたのは私です！」

悲鳴のような告白を受け、玲琳は目を真ん丸くした。

「ああ！　あれはお前だったのね？　全く覚えていなかったわ」

「そうと知っていれば、あなたを襲ったりは……」

衛士はぐったりと廊下に倒れ伏し、己を嘲るかのように乾いた笑みを浮かべた。

「お前が妃を西の離れへ閉じ込めたのか？」

「いいえ、それは私が自分から入ったのよ」

「その件では後で話がある」

鍠牙は口を挟んだ玲琳をじろりとにらみ、再び衛士へ視線を落とした。

「彼女を死なせようとしたのか？　何故だ？」

するると衛士は、突如壊れたように笑い出した。

「はは……ははははは……そんなのはこっちが聞きたい。お妃様、俺は何故、あなたを離れに閉じ込めたんですか？」

「……どういう意味？」

玲琳はぽかんとした。

「はは……訳が分からないですよね。俺にも訳が分からない。なんであなたを閉じ込めようとしたんだ。なんであなたを死なせなくちゃならないと思ったんだ。いったい何で……あんなの……まるで……」

正気を失ったように呟く。

「何かに操られているみたい？」

玲琳は言葉の先を予測して口に出した。

衛士ははっと顔を上げる。

「あんたが……何かしたんですか？　あんたいったい何なんだよ」

責めるような言葉を吐くその顔には、恐怖の色が宿っている。

「俺はいったい、どうなるんですか？　処刑されるんですか？」

救いを求めるような問いかけに、答えたのは鍠牙だった。

「残念だが——俺にはお前を許す理由がない」

あまりに冷たく酷薄なその答えに、衛士は身震いした。その時——

「え？　お妃様？　王様も？　そんなところで何を？」

女性の驚いた声が廊下に響き、葉歌が歩いてきた。怪訝な顔をしてその場の光景を眺めている。

次の瞬間、力なく伏していた衛士が勢い良く立ち上がった。

彼は最後に力を振り絞り、葉歌に飛び掛かる。

「え、きゃあっ！」

男は悲鳴を上げた葉歌を羽交い締めにし、彼女の顔に刃物を突き付けた。

「葉歌！」

玲琳は彼女の名を呼び立ち上がる。

「冗談じゃない……冗談じゃない……！　なんで俺が死ななくちゃいけないんだ！

お前ら動いたら、この女を殺す——」

そこで衛士は唐突に倒れた。糸の切れた操り人形がぐしゃりと崩れるような倒れ方だった。

葉歌が手に持っていた太く長い針を軽く振る。男の血が床に散った。

「申し訳ありません。殺してはいけませんでしたか？」

そう尋ねる葉歌の表情は、いつもの彼女とは別の人間のように冷たい。衛士はあっけなく死んでいた。

「そうね、殺すことはなかったわ」

玲琳は小さくため息を吐く。

「ですが私は、斎の彩蘭様に命じられていますもの。国同士の関係を一切考慮せず、魁王の意に反することとなっても、玲琳様自身が望まなかったとしても、玲琳様の命を害するものがあったら迷うことなく殺せと」

葉歌は針を懐にしまった。その時にはもう、彼女はいつもの彼女の顔をしていた。

「そんなことよりお妃様、お部屋で休んできてくださいな。いい加減眠らないと。さあ王様、お妃様を連れて行ってくださいまし。この男の始末は利汪様にお願いしましょうね」

葉歌はいつもみたいに二人を急《せ》き立《た》て、追い払った。


玲琳と鍠牙を追い立てると、葉歌はすぐに利汪を呼んだ。

駆けつけた利汪は事情を聴き、すぐ部下に死体を片付けさせる。

「お手数をおかけしてすみません」

葉歌はほっとして礼を言った。

利汪は無表情で葉歌を見ていたが、不意に手を伸ばして葉歌の懐に手を突っ込んだ。

「きゃあ！　何をするんです！」

突然の蛮行に葉歌は驚いて悲鳴を上げた。

利汪の手には、一通の書簡が握られている。葉歌の懐から覗いていたものを抜き取ったのだ。

「な、何を……返してください！」

葉歌は声を張って手を差し出した。

しかし利汪は書簡を返そうとしない。

「これは、斎の女帝に向けた書簡ですね？」

葉歌はぐっと押し黙る。

「あなたは魁の情報を斎へ流し続けている。このようなことを勝手にするのは、許し難《がた》いことです」

厳しい声で言いながら、利江は書簡を開く。

「あっ……待って……」

葉歌は止めようとするが、利江は容赦なく書簡を開いた。

彼を殺して奪い返すことは可能だが、そんなことはとてもできず、葉歌は無抵抗に書簡を暴かれるしかなかった。

利江は紙面に目を走らせ、愕然とする。

「あなたは……このような情報を斎の女帝に流していたのですか」

葉歌は目をそらして歯嚙みする。知られれば、咎められることは分かっていた。

腹をくくって利江と正対する。

「だったら何だと？　私を罰しますか？」

利江はぎりりと歯嚙みし、持っていた書簡を握りつぶした。

「これは見なかったことにします。二度となさいませんように。いいですね」

厳しく言い置いて、利江は立ち去った。

葉歌はバクバクと激しく鼓動する胸を押さえて、その場にぺたんと座り込んだ。

「何かしら……いろいろなことが起こりすぎてとても疲れたわ」

鍠牙の部屋へ入った玲琳はぐったりとして呟くと、当たり前のように鍠牙の寝台へ身を投げ出した。体が泥のようだ。

「あなたの連れてきた女官は、あれはいったい何者だ？」

「葉歌のこと？　何者と聞かれても、よく知らないわ。お姉様が私のために雇った女官で、昔から私を守ってくれているの。人を殺すことに躊躇《ちゅうちょ》がないのよね」

そのくせ、素敵な殿方と出会って平凡で幸せな結婚をすることを夢見ている。その矛盾を、玲琳は好ましく思っている。

「……本当に疲れた……少し眠るわ」

玲琳は寝台に伏し、布団に顔を埋めて目を閉じる。

すると、背中の上にずっしりと鍠牙がのしかかってきた。その重みに一瞬呻く。呻き声は鍠牙にも聞こえただろうが、彼はどこうとしない。

玲琳は首を巡らして背後を見た。

のしかかる鍠牙を間近で見れば、目の下には酷いくまがある。顔色も悪く、疲弊しきっているのが分かる。おそらく玲琳が傍にいない間、彼は一睡もできなかったに違いない。

「私と一緒に寝ることを許すわ」

玲琳は押しつぶされたまま言った。

鍠牙は何も答えない。ただ、玲琳の上に覆いかぶさったまま逃がすまいとしている。

「例えば私が死んでいたら、お前はどうしていたのかしら」

玲琳は何げなく呟いた。背後から答えはない。沈黙が続き、彼が玲琳の背の上で眠ってしまったのかと思った時、大きな手が不意に玲琳の手首をつかんだ。優しく——ではなく、かなり強く。

「さあな……酷く憎んだかもしれない」

地を這うような声が玲琳の耳を刺す。手首をつかむ手に力が籠《こ》められ、玲琳は痛みに顔をゆがめる。

「私を殺した犯人を？」

「いいや、あなたを」

そう返されて玲琳は訝り、背後をむく。肩口に埋められた鍠牙の顔は見えない。

「俺を置いて行ったことを憎むだろうな。それくらいなら、先に自分の手で殺してしまった方がましだ。いや……そうしたら結局俺は取り残されるのか……。姫には俺より後に死んでほしい。本当にそう思ってる。だが、それが叶《かな》わないなら……」

「私は死なないわよ」

「……どうだか」

「死なないわ」

「人は簡単に死ぬ」

「私は蠱師よ。そうそう死なない」

「仮に死ななかったとしても、勝手に離れていくかもしれない」

「私は一応仮にも曲がりなりにも、お前の妃よ。離縁しない限りここにいるわ」

「信用できない」

「何故？　私は嘘など吐かないわ。そんな無意味なことはしない」

「信用できない」

「私はそこまで信用ならない人間かしら」

「あなただけじゃない。この世に信用できる人間など一人だっているものか。俺は、この世の誰も信用しない。中でも、俺を好きだというあなたを一番信用していない」

　この男はいったい何を言っているのかと、玲琳は怪しむ。

　確かに玲琳は彼を好きだと言った。しかし彼は、そう言う玲琳を一番信用しないという。

訳が分からず返す言葉を失う。分かるのは、彼が今いつもの発作を起こしているということだけだ。楊鍠牙はだいたいいつもおかしな人間だが、発作を起こした時はひときわおかしなことを言う。

「今日の薬を飲んだほうがいいわ」

玲琳は疲れた体を起こして鍠牙に薬を作ろうとしたが、鍠牙は玲琳の上から少しもどいてくれず、玲琳はわずかに身動ぎすることしかできなかった。

「そこをどいて……」

「弟がいた」

玲琳の言葉を遮り、鍠牙は唐突に何の脈絡もないことを言った。

「たった一人の同腹の弟だった。二つ年下で、毎日よく遊んだ。仲が良かった。少し体の弱い弟だったが、俺は弟が可愛かったし、弟も俺を慕ってた」

彼が何を言わんとしているのか全く分からず、玲琳は相槌を打つことすらできなかった。ただ黙って聞いている。

鍠牙の言葉には抑揚がなく、感情を押し殺しているようにも聞こえたし、実際に感情が発生していないようにも聞こえる。

「俺と弟はいつも決まった時間一緒に勉強していて、勉強が終わるといつも茶が届けられた。それを飲むと、俺はいつも具合が悪くなった。同じように茶を飲んでも、弟は平気だったのに。俺を王座につけたくない政敵が、毎日俺の茶にだけ毒を盛っていたんだ。それが分かったから、俺は弟の茶と自分の茶を取り換えた。それを飲んで、弟は死んだ」

鍠牙はそこでしばし言葉を切った。自分に覆いかぶさる鍠牙がどんな顔をしているのか、玲琳には見えない。

「俺は弟を愛していたよ。だが、平気で殺した。あの時から、俺の正気はずっと壊れたままだ」

空虚な声が耳朶《じだ》を打つ。

「人は愛する相手でも平気で裏切るし、殺せる。俺はこの手でそれを証明した。だから この世の誰も信用しない。何より、人は簡単に死ぬ」

そう言って、彼は不意に玲琳の首筋へ顔を埋めると、真後ろから首を嚙んだ。

全身が痺《しび》れるような痛みを感じ、玲琳はびくりとする。

鍠牙は獣のような仕草で、玲琳をきつく嚙み続けている。

「……心外だわ」

玲琳は嚙みつかれたまま、ふつふつと湧いた怒りを言葉にした。

「お前が弟を裏切ったからといって私まで同じだと思わないで。何故私がお前ごときと一緒にされなくちゃならないの？　何より、私はそう易々《やすやす》と死なないわ」

強く言い切る。すると、鍠牙はようやく玲琳の体から身を起こした。解放感を得た玲琳が仰向けになると、鍠牙は玲琳の頭の横に手をついてじっと見下ろす。そしてかすかに笑った。

「……どうでもいいよ」

と、彼は言った。

「あなたが何を思おうがどうでもいい。俺はあなたの心を欲しいと思わないし、あなたを信用したいとも思わない。どうでもいいんだ、あなたの心なんて。ただ、ここにいてくれればそれでいい」

「……分かったわ」

玲琳は目を細めてため息を吐いた。

「お前が想像の埒外にいる馬鹿だということがよく分かったわ。私、馬鹿は嫌いなのよ」

「別に嫌いで構わない」

「……話にならないわ。もう眠る」

玲琳は呆れ果てて目を閉じた。

鍠牙も玲琳の横に寝そべり、玲琳の体をいつも通り抱き寄せる。首筋がずきずきと痛んだ。

「一つだけ聞かせて」

「何だ？」

「この件に関わるなと言ったのは何故？　お前は私を何から遠ざけようとしたの？」

しかし鍠牙は答えなかった。

玲琳は更に聞こうとしたが、そこが限界だった。頭に思い浮かべた言葉は一瞬で霧散し、瞬く間に深い眠りへと落ちていた。


翌朝、玲琳はすっきりと目を覚ました。傍らの鍠牙はまだ眠っている。彼の頭痛は治まっていないはずだが、それでも不思議なほど深く眠っていた。

玲琳は起こさぬよう静かに部屋を出て、自分の部屋へ戻った。解蠱薬を作らねばならないからだ。

後宮で蠱病になった患者たちは、見る見るうちに回復している。死の一歩手前にいた患者たちが次々回復してゆくのだ。奇跡だと皆が言った。

三十人の患者のうち、二十九人が助かった。死んだのは、体力がなく毒に耐えられなかった重症の患者ただ一人。

玲琳が必ず助けると豪語した、衛士の娘だった。

「お妃様がいらっしゃいません！」

休憩中だった鍠牙の執務室に、女官の葉歌が飛び込んできた。

「……またか？」

「またです。後宮の患者が無事に治ったことをお伝えしたら、いつの間にかいなくなってしまって」

「分かった、俺が捜そう」

鍠牙は椅子から立ち上がる。

「え!? 王様自らですの？」

「ああ」

「心当たりがあるんですか？」

「いいや。だが、結婚して数か月経つからな。そろそろ行動が読めてもおかしくない」

「……申し上げにくいのですけど、あのお妃様の行動を読めるようになってしまったら、王様も変人ということになってしまいますよ？」

葉歌はおろおろして中途半端に手を上げた。かなり酷いことを言っている。

鍠牙は、はははと笑い、彼女を置いて部屋を出ようとした。しかし、出ていく前にちらと振り返る。

「葉歌、お前はどういう役割の人間だ？」

「は？　役割……ですか？」

葉歌はきょとんとして棒立ちになっている。

「お前はどうやら普通の女官とは違うようだ。姫に付き従いここへやってきた者たちは、全員李彩蘭に選別された者だと聞く。お前はあの女帝にどういう役割を言いつけられてここへ来た？」

鍠牙はごく当たり前の日常会話を楽しむかのように、軽やかな笑みを浮かべて問いかける。

葉歌はしばし無言で佇んでいたが、にこりと笑った。

「私の役割は姫様をお守りすること。それ以外には何も」

ほっそりとした手を胸に当てて優雅に礼をする。お妃様ではなく姫様と彼女は言った。鍠牙の妃であることを無視するかのように。

「そうか、おかしなことを言って悪かったな。許せ」

「とんでもありません。お妃様をよろしくお願いします」

葉歌はもう一度深々と礼をした。鍠牙はひらりと手を振り、彼女を置いて部屋を出た。

さて、と腕組みして鍠牙は思案する。

助かった患者たちの話を聞いた玲琳が、なぜいなくなったのか。

姿を消す理由など全くないように思う。

自信満々で誇り高く蠱師の立場を貫いた彼女は、多くの民を救った。そんな彼女が逃げるようにいなくなるなどおかしな話だ。

理由が全く分からないまま、鍠牙は歩き出した。自然と足は屋外へ向かう。玲琳はたいてい、食べるか眠るか読むかする以外の時は、外にいる。

鍠牙は黙々と考えながら庭園を歩く。病の失《う》せた後宮は静かだ。時折衛士が鍠牙に気づいて礼をとる。

そうしてしばらく歩いていると、頭上からぱらぱらと砂のようなものが降ってきた。屋根にたまった土埃《つちぼこり》が風で飛ばされたのかと何げなく屋根を見上げ、なんとなく嫌な予感がした。普通ならありえないことが、玲琳に関してはありえたりする。

鍠牙は辺りを見回し、建物のすぐそばに生えている大きな木を見つけた。

腕組みしてしばし悩み、靴を脱ぎ捨てて木に登る。

「陛下!?」

気づいた衛士がすっ飛んできたが、それを無視して鍠牙は登った。

自分は何をやっているのだと呆れる。

高いところまで登ると、そこから屋根に飛び移る。

屋根の上を見回す。

夕暮れの茜《あかね》が辺りを染め上げている。

その中にぽつりと小さく黒い人影があった。屋根の上に座り、小さく丸まって膝を抱えている。

消え入りそうなその背中を見つけ、鍠牙は一瞬別人を発見したのかと思った。しかし、こんなことをする人間が二人もいたら驚く、というか、魁の後宮は終わっている。

「姫」

鍠牙は小さな背に声をかけた。彼女は全く反応しない。慎重に近づき、膝に顔を埋める玲琳の前に回り込んでしゃがんだ。

「こんなところで何をしてるんだ？」

そんなことを聞かなければならない自分を馬鹿みたいだと思いながら、鍠牙は彼女の顔を覗き込む。

しかし玲琳はそれでも反応しなかった。ただ硬く自分の体を縮めている。

鍠牙は無言で待った。夕日は恐ろしい速さで山の縁に吸い込まれてゆく。それでも鍠牙は待った。と、玲琳はようやく口を開いた。

「私は助けると言ったわ。全員助けると言ったの。それなのに、死なせてしまったわ。

私は嘘を吐いた。助けてみせると決めたのに、それを守れなかった」

鍠牙は啞然として彼女を見つめた。

「後宮の患者か？　三十人のうち二十九人が助かった。みな姫に感謝してる。一人救えなかったことは残念だが、あなたが気に病むことはないだろ」

すると、自らの膝を抱える玲琳の手にぐっと力が入った。それがいかなる感情の表れか、鍠牙には分からない。

「街の患者にも薬が行き渡ってる。ほとんどの患者が助かったんだ」

「それでも死んだ者がいるわ。私は……全員助けられると思っていたの。私なら、絶対にやれると思っていたの。私は斎の蠱師。辺境の蠱師が作った蠱毒になど、負けるはずがない。私の方が遥かに強い。……自惚れていたのだわ」

それを聞いて鍠牙は驚き呆れた。

どんなに治療を施しても助からない患者がいることを、彼女は知っていたはずだ。母親が治療する患者たちをずっと見ていたはずだ。だが、その実感がなかったのだろう。患者が死ぬことを知っていても、実際それを目の当たりにして動揺したのだ。

玲琳の手にはますます力が込められる。全身が震えている。

鍠牙はとっさに彼女の手を引っ張った。顎に手をやり、伏せた顔を無理やり上げさせる。

「……何？」

「……泣いているかと思った」

しかし、無理やり上げさせた彼女の瞳はほんのわずかも濡《ぬ》れていなかった。

「私に泣く資格があると思うの？　私は自分を過信して、失敗した。自分の力量も理解できない無能な敗者に、泣く資格なんてないわ。泣くのは死んだ患者を愛する人間の権利よ。泣いて自分を癒す権利など、私にはないわ」

夕日に照らされたその顔は、今にも泣きそうになりながらも凜《りん》としていて、十五歳の少女のそれには見えない。

鍠牙は何故か、この少女に初めて出会ったような不思議な感覚を味わっていた。

唇を嚙みしめ、ただ耐えている。そんな玲琳を見て、鍠牙はぱっと両腕を広げた。

「……何なの？」

「慰めようかと」

「お前は馬鹿なの？　私の話を聞いていた？」

「ああ、聞いてた。あなたには自分を慰められない理由があるんだろう。だが、俺にはあなたを慰めない理由はない。あなたには今夜も俺の薬を作ってもらわなくてはならないし、共に寝てもらわなくてはならない。だから、早く元気になってもらわなくてはならない。正直、あなたのことなどどうでもいいんだ。俺は自分のことしか考えられない。だから、あなたに落ち込んでいられると困る」

そんなことを言う鍠牙を、玲琳は何とも言えない表情で見ている。怒るべきか呆れるべきか笑うべきか、定まらず戸惑っているような顔だ。

「姫、抱きしめてもいいか？」

鍠牙は両腕を開いたまま聞いた。

「……許すわ」

玲琳はもう反論する気力もないのか、あるいは呆れ果てたのか、力なく答えた。

鍠牙はそっと彼女の腕を引き寄せる、屋根から落ちてしまわぬよう、慎重な手つきで腕の中に閉じ込める。玲琳は少しも逆らわず鍠牙の腕に収まった。くったりと力を抜くのが分かる。

「もっと強くならなくては……」

玲琳はぽつりと言った。

「どんな患者も助けられる、誰にも負けない蠱師になるわ」

出来もせぬことをまた口にする。それを口に出すことを恐れないのが彼女だった。

鍠牙にはとてもできないことだ。

鍠牙は自分がどこか壊れていることを知っている。自覚していても、どこがどう壊れているのか分からない。

内側にくすぶる憎悪や嫌悪を、消すことができない。それらは夜ごと痛みとともに鍠牙を襲い続けてきた。

人が死のうが傷つこうが泣きわめこうが、本当は何も感じない。

しかし、自分は王族に生まれ、王位についた。ならばその生まれにふさわしい働きをしなければならないのだ。だから鍠牙はそのように振る舞っている。

その枷《かせ》を失ったら、自分は何者になってしまうのか分からない。

死を失ってしまえば生き物ではないと彼女は言った。

ならば、良心を失ってしまった者は何になるのだろう？

痛みを遠ざけるためだけに、自分は彼女を欲している。慰めたいのも、ただ自分が見ていられないからだ。

「私がどんな患者も助けられる蠱師になれたら、そうしたらお前は私を信用するかしら？」

玲琳は鍠牙の腕の中で顔を上げた。

鍠牙は思わず笑ってしまう。

「そうかもしれないな」

嘘を吐く。彼女が何をしようと何になろうと、自分は彼女を信用することはないだろう。離れていくかもしれないことを、ずっと恐れ続けるだろう。傍にとどめておくためなら、百万の嘘でも吐くだろう。逃げようとすれば、手足をもいでも傍に置くだろう。この国が欲しいと言われれば、一つ残らず与えてしまうことだろう。

「やっぱりお前は嘘吐きね」

玲琳は鍠牙の嘘を容易《たやす》く看破する。見破られると分かっていて、鍠牙は幾度でも嘘を吐く。

「いいわ。私はお前が信用するに足る蠱師になるわ。その時は本当のことを教えて」

「本当のこと？」

「毎朝私に毒を盛っていた……茶会でお前の妹に毒を飲ませた……お前の酒に毒を仕込んだ……そして私を西の離れに隔離した……その犯人。お前、分かっているのじゃない？」

「……犯人はもう捕まってる。始末された」

「いいえ、違うわ。彼らはただ操られていただけよ。お前も分かっているはずだわ」

固まる鍠牙を上目遣いに見やり、玲琳は鍠牙の胸に頭を落とした。

鍠牙は絶句する。いつもならすぐに出てくる嘘が、何故か出てこなかった。

「まあいいわ。嘘吐きには慣れているの。私はお姉様の妹だからね。お姉様に比べれば、お前の嘘など些細《ささい》なものよ」

久方ぶりに彼女の口から姉のことを聞き、鍠牙は胸の中がじりっとした。抱いたことのない感覚は、思いもよらず不快感をもたらした。

「あなたは……姉と俺が対立したら、どっちの味方をするんだろうな」

「決まっているわ。私はいつだってお姉様の味方よ。お姉様が私のお姉様である限り、他の誰かを選ぶことはないわ」

「……そうだろうな」

今までなら苦笑で受け流したその事実が、今はどうしようもなく不快に思える。

例えば明日姉に呼び戻されたら、玲琳はその言葉に従うだろう。

――邪魔だな――

初めてそう思った。

玲琳の心など欲しくはない。だが、李彩蘭がいる限り、玲琳は鍠牙から離れてゆくかもしれないのだ。

ならばどうするか。仄暗い思考が頭をめぐる。

李彩蘭さえいなければ……その考えはいつまでたっても鍠牙の中から消えてはくれなかった。

第四章

蠱病が去って、瞬く間に二か月が経った。

その間に、玲琳を取り巻く環境は一変していた。

少し前まで毒を愛でる異常な妃と忌避されていたはずが、いつの間にか流行り病を治した救世主のような扱いになっていたのだ。

特に王宮医師たちは暇さえあれば玲琳を訪ねてくる。彼らと話し合い魁の医療を知ることは、玲琳にとって非常に楽しい作業だった。

もっともっと、いくら学んでも足りない。

一方葉歌は、ようやく玲琳の存在が魁の後宮で受け入れられたことに歓喜し、これでいずれは自分にも良き縁談が！　と浮足立っている。

そして鍠牙は、あれ以来あまり機嫌がよろしくない。

一見いつも通りなのだが、時折冷たい態度になることがあるのだ。いったい何故かと原因を探ってみると、姉の話をしたときにそうなることが多いように思う。

玲琳は毎日のように彩蘭の話をしたから、鍠牙の不機嫌な顔を見るのは毎日のことだった。

そんなある夜、鍠牙が寝台の中で言った。

「斎との会談がある」

「会談？」

玲琳は聞き返す。

毎夜のごとく、玲琳は鍠牙の腕の中にいた。

この夜も彼は不機嫌だったが、だからといって玲琳を解放することはないのだった。むしろ、以前よりもずっと玲琳にひっついてくる。甘えている？　どちらにしても、玲琳は毎晩鍠牙の腕の中だ。

しかしながら、嫁いで何か月も経つというのに、彼が玲琳に対してそれ以上のことをすることはない。相変わらず玲琳は幼く見えているようだった。

鍠牙は不機嫌な顔で腕の中の玲琳を見やり、話を続けた。

「一月《ひとつき》後に斎の女帝と会談することになった」

玲琳はぽかんとし、意味を解して飛び起きた。

「嘘！」

「本当だ」

「お前、お姉様とお会いするの？」

玲琳は寝台に四つん這いの格好で鍠牙を見下ろす。

「まあな。だが……斎の女帝がそこに条件を付けてきた」

「何？　お姉様は何と言ったの？」

「会談に、あなたを連れてくるようにとのことだ」

今度こそ玲琳は彫刻のように凍《い》てついた。じわじわと解凍し、そっと頬を押さえる。

玲琳は瞳をキラキラ輝かせて、頬を熱く上気させていた。

「信じられない……私、お姉様に会えるの？」

「嬉しいか？」

「ええ！　嬉しいに決まっているわ！」

玲琳は寝台の上で大はしゃぎする。

鍠牙はそんな玲琳の腕を引いて、自分の胸の上に倒した。

固い胸板に寝そべり、玲琳は上機嫌で足をばたつかせる。

「そうか、そんなに嬉しいか。俺と一緒にいるより嬉しいか」

「ええ、比べ物にならないわ」

もはや鼻歌を歌いそうな勢いだ。鍠牙の眉間にしわが寄る。

「ねえ、お前はお姉様に会ったことがあるの？」

「ないな」

「それなら会えばわかるわ。お前だってお姉様の虜《とりこ》になるはずよ」

「俺が斎の女帝に惹かれても平気だと？」

「愚問ね。お姉様に惹かれない人間などいないわ。それは水が上から下へ流れるのと同じ、自然の摂理なのよ。お前がお姉様に惹かれるのは当然のことよ」

自信満々なその答えに、鍠牙は苦虫を噛み潰したような顔になる。

「お姉様はね、昔貴族の男たちに言い寄られた時……」

玲琳が誇らしげに姉の昔話を始めると、鍠牙は玲琳の頭を自分の胸に押し付けて口を封じた。

「もう耳に胼胝《たこ》ができるほど聞いたな」

と言われても、まだまだ話し足りない玲琳はもがもがともがく。しかし鍠牙は放してくれず、玲琳は諦めて力を抜いた。鍠牙はほっとしたように、手を緩めた。

「さっさと寝てくれ」

「ええ、明日が楽しみだわ……明日になれば、お姉様に会える日が一日近づいたということだものね」

玲琳はほうっと温かな吐息を漏らし、うっとりと目を細める。

鍠牙は渋い顔のまま、玲琳を腕に抱え込んだ。

会談の日までの一か月は、玲琳にとって人生で一番長く感じられた。

毎日指折り数えてその日を待つ。

会談まであと十日に迫ったある日、玲琳が毒草園で蟲の世話をしているところに意外な人物が現れた。

鍠牙の側近利汪である。

彼は玲琳をあまり好ましく思っていない様子で、自分から近付いてきたことは一度もなかった。珍しい訪問者に、玲琳は首をかしげる。

「お妃様のお耳に入れておきたいことがあります」

「？　何かしら？」

「女官の、葉歌殿のことです。彼女は斎の女帝と頻繁に連絡を取っていますね。魁の内情を斎に知らせることはあまり感心できません。即刻やめさせていただきたい。もうすぐ斎との会談があります。特に気を付けてください」

玲琳は唖然として立ち尽くした。

葉歌が彩蘭と連絡を取っているなど、玲琳は聞いていない。

「あなたは魁の王妃なのです。もはや斎の皇女ではない。魁のことを一番に考えて行動してもらわねば困るのです。王のためにも」

「知られて困るようなことなど何があるの？　葉歌が悪いことをしているとは思わないわ」

「魁のことをべらべらしゃべられるのが困ると言っているのですよ！」

突如利汪は激昂した。彼が感情をあらわにするのは初めてで、玲琳は驚いた。

「彼女はいったい何者ですか？　あなたが目を離している間、彼女は一人で何をしているのです？　この国のことを、色々と探っているのでは？」

厳しい声で問い質され、玲琳はどう返せばいいのか分からなかった。

「……さあ、私は知らないわ。葉歌は私の所有物ではないし、いつも見ていられるわけでもないもの」

やや無責任な返答をした玲琳に、利汪は強くため息を吐いた。

両者の間に沈黙が下りる。雀《すずめ》が木々の間を飛び交う羽音が聞こえる。

しばしそうしていると、サクサクと草を踏みながら一人の女性が走ってきた。

「玲琳！」

鈴のような声が空気を震わす。

「夕蓮！」

玲琳は美しい友の名を呼び返した。

いつも通り頭に猫をのせた夕蓮は、小鹿のように駆けてくると、手を伸ばして玲琳に抱きついてきた。

「だーれだ」

「夕蓮でしょう？」

正面から聞かれても意味がないのではと思う。

「そうよ、あなたに命を救われたお友達よ」

蠱毒に冒されていた夕蓮も、玲琳の治療により無事快癒していた。

あれ以来、夕蓮は毎日玲琳のもとへ遊びに来る。

夕蓮の姿を見た途端、利汪は浮かべていた険しい表情を消した。

「これは夕蓮様、お久しぶりでございます」

慇懃に礼をする。

「お久しぶりね、利汪。いったい何をしているの？　もしかして、私のお友達を虐《いじ》めているんじゃないでしょうね。いけないわ」

ぷんぷんと頬を膨らませて言いながら、夕蓮は玲琳に抱きついている。

「そのようなことはしておりません」

利汪はいつもの真顔で否定する。

「本当にぃ？」

夕蓮は疑うようにじいっと彼を見つめる。

「もちろんです」

利汪の額を季節外れの汗がつうっと流れた。

「そう？　なら今回は特別に許してあげます。だけど、本当に玲琳を虐めたりしたら私が許さないいんですからね」

「肝に銘じておきます」

利汪はもう一度深く礼をし、逃げるようにその場を立ち去った。

抱き合う玲琳と夕蓮だけが残った。

玲琳がちらと見ると、夕蓮は利汪がいなくなった方向をずっと見ている。

「あの男と親しいの？」

玲琳は聞いた。気になったわけではないが、なんとなく聞いておこうかと思った。やっぱり気になったのかもしれない。

夕蓮はようやく玲琳から離れると、遠い目をして答えた。

「あの子は私の息子になるはずだった子なの」

「息子？」

どういう意味かと玲琳は訝る。

「あの子、明明の兄だから」

「明明というのは？」

どこかで聞いたような名だなと思いながら尋ねる。

「鍠牙の昔の許嫁よ」

「ああ……ああ！　そうなの？」

記憶を引きずり出して納得する。以前鍠牙に毒を盛った女官が言っていた「明明様」というのが、利汪の妹だったということか。鍠牙の婚約者は従姉だと聞いた気がするから、つまり利汪も鍠牙の従兄《いとこ》ということになる。

ようやく彼が玲琳を嫌っている理由が分かった。妹が収まるはずだった王妃の座に、玲琳が座っていることが気に食わないのだ。

「でも、それで彼があなたの息子ということになるのかしら？」

玲琳は頭で相関図を思い浮かべるものの、どうにも上手く繋がらない。

「あら、だって明明が鍠牙と結婚していたら、明明は私の義理の娘でしょ？　義理の娘の兄は、私の義理の息子ということになるんじゃない？」

無垢《むく》な瞳で独特な理論を展開する。

「そういうものかしら？」

「そういうものよ」

強く断言されてもやはり納得はできなかったが、とりあえず玲琳はその疑問を胸に収めた。

夕蓮の頭にのっていた猫がぴょんと地面に飛び降りる。猫は草むらをちょこまか歩き、毒草園をガサゴソ走り回って、ネズミを捕まえ得意げに駆けてゆく。

「あ！　ちょっと、ダメよ！」

玲琳は慌てて呼び止めたが、猫は素早く逃げてゆき、あっという間に姿が見えなくなった。玲琳はため息をついて諦めた。

「ねえ、もうすぐ斎との会談があるって聞いたわ」

夕蓮は今の話に飽いたのか、全く違うことを話題にした。

「え？　ええ、そうみたいね」

「あなたも行くの？」

「そうよ、お姉様に会いに行くの」

と、玲琳は表情を明るくした。花が咲いたような笑顔だ。玲琳にこの表情を浮かべさせる人間は、今のところこの世に姉一人しかいない。

「仲のいいお姉様なんでしょ？　再会したら離れがたくならないかしら？　斎に戻りたくならない？　ダメなんだからね。そうしたら、私たち会えなくなっちゃう。玲琳がいなくなっちゃうなんて絶対いやよ！」

夕蓮はまたしても玲琳にぎゅうっと抱きつく。

「大丈夫よ。お姉様はきっとそんなことお許しにならないわ。私、お姉様が望まないことはしないの」

きっぱりと答えるが、夕蓮はまだふくれっ面だ。

「じゃあ、斎の女帝が戻ってきなさいって言ったら戻るの？　あなたってば、お姉様の方が大事なの？　私よりも？」

ふくれたりしゅんとしたりするのを繰り返しながら聞いてくる。

何故親子そろって同じようなことを聞いてくるのだろうと、玲琳は不思議に思う。

「この国から離れたいとは思わないわよ。ここには私の患者がいるもの。私がいなくなったら、きっと泣いてしまうわ」

玲琳はその相手を頭に思い描いてふふっと笑った。

「そう？　絶対よ。私たちはずっとお友達なの。約束よ」

夕蓮はぐっと顔を近づけてくる。玲琳は夕蓮の顔を間近で見つめ返し、わずかに口元をほころばせた。

「ええ、あなたがあなたのままでいてくれるなら、私たちはずっと友達よ」

そうしてそれから十日が経ち、ついに会談の日が訪れた。

両国の会談は国境の街、韓韓《かんかん》で行われることとなった。韓韓は斎に属する街で、魁と接する交通と交易の要所である。経済的にも豊かで、この地に配属された役人はいずれ中央で要職に就くことが約束されているともいわれている。

その街に、玲琳と鍠牙は馬車で訪れた。周りには数千の魁国兵。国境とはいえ国王自ら他国へ赴くのだ。かなりの緊張感が漂っている。

斎と魁は現在同盟を結んでおり、斎の皇女が魁の王へ嫁いだのはその証といえる。そうでなければこの会談は行われなかっただろう。

街の中央にある大きな砦《とりで》がこの地を治める官吏の住まう官庁で、そこが会談の場に選ばれた。

久しぶりの祖国だったが、玲琳は韓韓の街を訪れたことがなく、懐かしいという感覚はない。

ただ、会談の場として用意された広い部屋に通され、椅子に座って待っていると、胸が高鳴り落ち着かない気持ちになってきた。

周りには多くの兵士が立っており、圧迫感がある。

一方鍠牙は落ち着いたものだった。

しばらく待つと、部屋の入り口から仰々しい格好の斎帝国官吏が現れた。その男に続いて、華麗な衣装に身を包んだ女帝李彩蘭が姿を見せる。

その姿を見た途端、玲琳は立ち上がって駆けだしていた。

「お姉様！」

駆け寄る玲琳を見て、彩蘭は花のように微笑み、両手を広げて受け入れた。

玲琳は彩蘭に体当たりする格好で抱きつく。勢い余って、二人は同時に床へ転がった。

「皇帝陛下！」

衛士がぎょっとして叫んだ。周りの斎国官吏たちは玲琳の蛮行に対して冷ややかな目を向けている。あからさまな嫌悪がありありとその瞳に滲む。

斎帝国に、玲琳をよく思っている人間はほぼいない。

しかし転がされた彩蘭は、玲琳と抱き合ったまま可笑しそうに笑いだした。

「久しぶりですね、玲琳。わたくしの可愛い妹。元気にしていましたか？」

「ええ、お姉様、私はいつだって元気だわ。ただ、お姉様にお会いできなかったのがとても寂しかった」

玲琳は姉にひしと抱きついて訴える。

「そうですか、寂しい思いをさせてごめんなさいね。ですが、あなたが元気そうで嬉しく思いますよ」

彩蘭はそっと優しく玲琳の頬を撫でる。

玲琳は撫でられた猫のごとくうっとりと目を閉じる。

しばしそのやり取りをし、彩蘭は玲琳の手を取って立ち上がった。

「いい子ですから、別の部屋で待っていてくださいね。私はこれから大事な話をしなくてはなりませんから」

優しく微笑まれ、玲琳はしゅんとしながらも頷いた。玲琳が姉の言いつけに逆らうことはない。


「初めてお目にかかりますね、わたくしは李彩蘭と申します。あなたと義理の姉弟になれたことを、心から嬉しく思いますよ」

彩蘭は扇で口元を隠し、優しげに弧を描いた目をのぞかせて鍠牙に語りかけた。

ずらりと並んだ兵士たちの中、鍠牙と彩蘭は長い卓を挟み、向かい合って席についている。

「こちらこそ光栄なことだ」

鍠牙も彩蘭に笑みを返す。見るものを虜にする軽やかな笑顔だったが、玲琳が見ていたら嘘吐きと言ったかもしれない。

会談は和やかに始まった。鍠牙の傍には側近の利汪や他の臣下が幾人か付き従い、彩蘭の傍にも見知らぬ官吏たちがいた。

彩蘭は親しげな微笑みを浮かべて話しかけてくる。話は先の戦で曖昧になった国境についてが主だった。それらは魁にとって重要なことではあったが、斎にとっては女帝自ら国境まで足を運ぶほどのこととも思えない。何か、それ以外の目的があるのではと思えてならない。

——何を考えてる？　このくそったれの女狐《めぎつね》——

鍠牙は爽やかに笑いながら毒のあることを考えた。目の前の女はとても裏があるとは思えぬ優しげな顔をしているが、その一挙手一投足、微笑みの一つまで鍠牙は怪しまずにはおれなかった。

太陽が次第に傾き、会談が終わりを迎えたところで彩蘭は不意に聞いてきた。

「わたくしが、どうしてあの子をあなたに嫁がせたか分かりますか？」

優雅な微笑みは保たれたままだ。

「あの子はわたくしにとって、とても大切な妹です。その妹を、あなたに嫁がせた意味を、あなたは分かってくれているでしょうか？」

鍠牙はすぐに答えなかった。どう答えるのが正しいのか迷う。鍠牙が答えを見つける前に、彩蘭は話を続けた。

「斎は大国です。ですが、それに胡坐をかいていてはいずれ衰退することでしょう。

ずっと同じままでいることはありえません。わたくしは、この斎を守りたいのです。魁国は歴史も浅く小さな国ですが、強靱《きょうじん》な民と優れた戦技術を有し、着実に力をつけている。けれど戦をしたのはわたくしたちの父の世代のこと。わたくしは……いえ、斎は、魁を手本とすべき友と思っているのですよ。その大切な友に、大切な妹を託したのです。これがわたくしの誠意です」

それを聞き、鍠牙は思わず笑った。いや、嗤《わら》った。

綺麗な物言いをしているが、それを丸ごと信じるほど鍠牙も馬鹿ではない。元々斎の皇女を妃に迎えるなど御免だった鍠牙に、無理やり圧力をかけて皇女を嫁がせてきたこの女狐は、いずれ魁を手中に収めようと目論《もくろ》んでいるのではないか。鍠牙はそう疑っている。事実、斎はいくつもの属国を有する大帝国だ。

「その誠意は大変嬉しく思う。妃は我々にとって、もはやなくてはならぬ存在だ」

鍠牙は、これでもかというほど人当たりのいい笑顔を見せつける。

その発言に、周囲を囲んでいる魁の兵士たちはしかつめらしく頷き、斎の兵士たちはざわついた。玲琳の評判は斎でどれだけ悪かったのだと鍠牙は呆れる。

彩蘭は彼らにちらと目をくれる。その視線一つで辺りは静寂に包まれる。

再び鍠牙に向き直った彩蘭は、艶《つや》やかな唇をほころばせた。

「あなたはあの子を大切に想ってくれているようですね。だとしたら、もしやわたくしはあなたのお邪魔になっているのではありませんか？」

問われた鍠牙の眉がぴくりとはねた。それを隠し、鍠牙は朗らかに笑う。

「確かに、妃はいつもあなたのことばかりだ。だが、彼女のそういうところも私は好ましく思っているのでな」

「ふふ、あの子は昔からいつも、わたくしを想ってくれていますからね。わたくしの言葉を全て信じ、わたくしの言いつけを全て聞く。そういう子です。わたくしが、そうなるように育てました。あなたがそんなあの子を受け入れてくれたこと、心から嬉しく思っているのですよ」

優しげでありながら毒のある物言いに、笑顔のまま鍠牙の精神はぴりついた。言葉の端々、視線の一つにさえ敵意を感じる。鍠牙はもはや確信していた。この優雅に微笑む美貌の女帝は、鍠牙に対して明確な敵意を抱いている。

そのことを嘆く気持ちは無論持ち合わせていなかった。この女が鍠牙を厭おうが憎もうがどうでもいい。それ以上に、鍠牙がこの女を厭わしく思っているのだから。

しかし、両者ともその感情をあからさまにすることはなく、表面上は穏やかに微笑みあっている。自分たちの身の内が可視化されるなら、見た者はその毒に吐き気がするだろう。

「では、そろそろ終わりにしましょうか」

彩蘭はぽんと両手を打った。

「宴の席を用意させています。どうかもてなしを受けてくださいね」

客を迎える女主人よろしく優雅に微笑む。

「ありがたくお受けしよう」

鍠牙は鷹揚に応じてみせた。


玲琳はたいそう退屈していた。

せっかく会えたお姉様からすぐに引き離されてしまうし、鍠牙もいない。用意された部屋で会談が終わるのを待っていて、傍にいるのは魁から同行した葉歌だけだ。

なぜか葉歌は、妙にピリピリしている。緊張感が伝わってくる。久しぶりの祖国に思うところがあるのかもしれない。

「ねえ、葉歌。お前がもう一度斎で暮らしたいなら、そうしてもいいのよ。私がお姉様にお願いするわ」

玲琳は長椅子にごろりと寝そべり、持ってきた書物を読みながら提案した。

「ええ？　何言ってるんですか。今更ですよ。斎に戻ったところで、どうせ蛮族の国から追い出されてきたとか色々言われて、誰にも相手にされないんですから。どうせなら、魁へ嫁ぐ前に言ってくださいよね」

「そう？　悪かったわよ。私だってお前についてきてほしかったのだもの」

すぐさま返した玲琳に、葉歌はぐっと押し黙る。

「お妃様は本当にずるいですよね。私が本当は……あなたの味方じゃなかったらどうするんですか？」

「別にいいわよ」

玲琳はまた即答する。迷う価値もないことだ。鍠牙の側近の利汪に言われたことを思い出す。

「お前が私の味方ではなくても別に構わないわ。例えばそうね……お前がお姉様の言いつけで私の命を狙っていたとしても、別に構わないのよ」

「……何の話です？　本気で私がそんなことをするとでも？」

葉歌の表情が一変した。いつものくるくると目まぐるしく変わるそれではなく、冷たく凝ったものになっていた。

「お前、お姉様と書簡のやり取りをしているのですってね。私には、教えてくれなかったわね」

彼女が姉とやり取りしていることは構わない。ただ、そこに玲琳をまぜてほしかった。

「それは……近況を知らせていただけですわ」

「そう？　だけど私もお姉様とお手紙のやり取りをしたかった。これからは、私の手紙も一緒に届けてちょうだい」

「……かしこまりました」

葉歌は軽く礼をして黙り込んだ。

そこで、砦の責任者が宴席の支度が整ったことを知らせにきた。

玲琳は宴席の場に急ぎ赴き、真っ先に座る。背後に葉歌が控えた。

少し待つと、鍠牙と彩蘭がともに部屋へ入ってきた。

彼らを見て玲琳は驚いた。鍠牙は快活に笑い声を立てていたし、彩蘭は花のような微笑みを浮かべている。十年来の友であるかのように、親しく笑い合っているのだ。

その姿を見て玲琳は衝撃を受けた。

「……驚きましたね」

背後の葉歌がぼそりと言った。

「お二人があんなに仲良さそうにしてるなんて。性格が合うとも思えないのに……」

信じられないというように、葉歌は二人を見ている。

「ええ、本当に信じられない。あんなに仲が良さそうにしているなんて」

玲琳は口元を押さえる。そしてうっとりと彼らを見つめた。

――本当はお互い少しも好意なんて持っていないくせに――

手の下の口元が弧を描いてしまう。

「ああ……毒のある人たちって、なんて素敵なのかしら」

周りに聞こえぬかすかな声で呟くと、玲琳は目を細めて彼らの語らう姿に見入る。

片やこの世の人間を全て駒としか見ていない女帝。

片やこの世の人間を全て憎む病んだ王。

「毒は……人の本質ね」

見惚《みと》れる玲琳の隣の席へ鍠牙が座り、その向こうに彩蘭が座した。

「いい子にしていたか？　おかしなことはしなかっただろうな」

鍠牙がちらっと目を向けて聞いてきた。

「もちろんよ。私がおかしなことなどしたことがある？」

玲琳は胸を張った。

二つ向こうの席で彩蘭がくすくすと笑った。

広い円卓には次々と料理が並べられてゆく。あっという間に卓は皿でいっぱいになり、ふんわりと湯気を立ち上らせた。

「あ、お姉様の好きな鶏の詰め物があるわ。ほら、そっちには昔一緒に食べた西国の果物も。ねえ、あれも昔、お姉様と一緒に食べたことがあるわね」

玲琳は声を弾ませて彩蘭に話しかける。傍らに座る鍠牙のことは完全に無視してしまった。

何せ今日が過ぎれば彩蘭とはまたしばらく会えなくなるだろうから、少しでも多く話しておきたかった。

そんな気持ちを察したのかどうか知らないが、間に挟まれた鍠牙は黙って食事を始めた。前に置かれた湯呑みを持ち上げ、茶をすする。そんな鍠牙をよそに、姉妹は絶え間なくおしゃべりを続ける。

鍠牙は茶を飲み干すと、卓の料理に口を付けた。玲琳と彩蘭はまだ話し続けている。

鍠牙は次々と料理を小皿に取り、口へ運んでゆく。そうしてしばらく食べ、不意に箸を置いた。身をこわばらせて俯《うつむ》いている。

額に玉のような汗が浮かび始める。それに気づいた玲琳は、しゃべることをやめて夫の顔を覗き込んだ。

「どうしたの？」

いつもの発作が出たのかと思い、玲琳はそっと手を伸ばす。額に触れようとした玲琳の小さな手を、鍠牙が勢いよく摑んだ。その場にあるものを何でもいいから摑もうとしたかのような感じだった。

ぎょっとする玲琳の前で鍠牙は突然ぐっとえずき、立ち上がろうとして椅子から落ちた。両手両膝を床につき、たった今食べたものを吐き出す。

玲琳は驚いてすぐさま彼の傍にしゃがみこんだ。吐瀉物《としゃぶつ》には血が混じり、どろりと赤く染まっている。

吐いてしまうと、鍠牙はぐったりとその場に倒れこんだ。

「死んだの⁉」

玲琳は慌てて彼の肩を揺すった。

鍠牙は苦しそうに目を閉じて、荒い息をしている。口の端から血の筋が流れている。

玲琳は息をのんだ。

その場に控えていた衛士や官吏や臣下が、泡を食って駆けつける。

「陛下！　どうなさったのですか⁉　まさか……毒では？」

側近の利汪が愕然と呟く。宴の場は騒然となった。

「誰か医師を呼べ！」

「ここにいるわ！」

玲琳は医師を探して飛び出しかけた利汪にむけて声を張る。

「私が薬師よ！」

そう宣言する玲琳を、利汪は疑わしげに睨んだ。

　玲琳は彼を無視して鍠牙を揺すった。

「お前、何を食べたの？　一人でがつがつ食べていたでしょう？　どれを食べたのか言いなさい！」

　けれど鍠牙は全く反応してくれない。聞こえてすらいないのかもしれない。

　背後の卓を見るが、そこに並んだ皿は多く、毒の入ったものがどれなのか見ただけでは分からなかった。

　毒と言えば蠱師である玲琳は蠱毒を真っ先に思い浮かべる。しかし、今の鍠牙にいつもの験蠱法は使えそうになかった。水の中に唾を垂らすのは無理だろう。

　その場の人々は慌てふためき、玲琳の言を聞かず医師を呼んだり鍠牙を運ぼうとしたりしている。女官の葉歌は真っ青な顔で呆然と立ち尽くしていた。そんな中、彩蘭一人がゆったりと椅子に座り、冴《さ》え冴《ざ》えとした目で鍠牙を見下ろしていた。

　玲琳は彼らから視線を切り、鍠牙に向き直る。体を押して無理やり仰向けにすると、強引に口を開かせた。そうして自分の指先を嚙み、血の球を作るとその指を鍠牙の口内へ差し入れる。

「蠱であれば嚙め、蠱でなければ吐け。蠱であれば恐れよ、蠱でなければ安らえ」

　その声を聞いた途端、鍠牙の体はびくんと痙攣した。指先に痛みを感じる。鍠牙の歯が玲琳の指に食い込んでいる。

「蠱毒……」

誰かが蠱術を使い、鎧牙を呪っているのだ。

「お妃様、本当に治療できるのですか？」

利汪が険しい声で聞いてくる。

「……飲んだばかりの蠱毒なら、解蠱するのは容易いわ」

「解蠱薬を作るのですか？」

「いいえ、要らないわ」

玲琳はガリッと自分の舌を嚙んだ。鉄臭さが鼻に抜ける。

玲琳は鎧牙に覆いかぶさると、血の滴る口で彼の口を覆い、思い切り息を吹き込んだ。

玲琳の衣には様々な蠱が潜んでいる。それらはみな霊的存在であり、実のところ実体を持たない。それらは衣に潜んでいるかのように見せながら、本当は玲琳の肉体に潜んでいる。玲琳は、蠱の王であり宿主でもあるのだ。

玲琳の体内に潜む無数の蠱が、呼気とともに鎧牙の体へ飛び込んだ。

「があっ……！」

鎧牙は苦悶の声をあげて玲琳を振り払った。

彼は床でのたうち回り、仰向けで口を開く。顎が外れるほどに大きく開かれたその口から、突如異形が飛び出してきた。

無数の蠍《さそり》、蛇、蛙、蜘蛛、百足《むかで》——そして最後に、毛の生えた獣が飛び出した。

小さな丸い耳に黒い毛皮、長いしっぽ。赤い瞳を爛々と輝かせた、人の身の丈ほどもある獣。

突如起こった怪異に、室内の人々は絶叫した。我先にと部屋から逃げてゆく。

鍠牙の体から飛び出した獣は、床をすさまじい速さで這い、逃げようとしていた。

その姿を見て、玲琳は愕然とする。その獣を玲琳は知っていた。

逃げ惑う獣は、玲琳に使役される無数の蟲たちに襲われ、喰われてゆく。

断末魔が空気を震わす。

逃げ惑う人々が腰を抜かす。

そんな中、ただ一人悠然と座っている女帝がいる。

蟲たちは獣を喰らいつくすと、玲琳の袖や裾へ戻り、消えた。

室内は奇妙な静寂に包まれた。


砦の一室に、鍠牙は眠らされている。

解蟲しても意識を失ったまま、目を覚まさない。

玲琳は寝台の傍に座り、土気色をした鍠牙の顔を見つめている。

室内には利汪や葉歌の姿もあった。

「お妃様、王は蠱毒を飲まされたのですか？　いったい誰が王を呪ったのです？」

険しい顔をした利汪が問いただした。

玲琳はぽつりと答える。

「私はあの蠱を知っているわ」

「お妃様は蠱師ですから、無論知っているでしょうが……」

「ええ、本当によく知っているわ。私よりあの蠱を知っている人間はいないでしょうね」

その物言いに含みを感じたのか、利汪の表情が険しさを増す。

「それはどういう意味でしょう」

「あれはソ蠱。私が造った蠱よ」

その場の全員が目をむいた。

「……それではあなたが王に毒を盛った犯人ということになってしまいますよ？」

玲琳は答えなかった。

「お妃様！」

利汪が声を荒らげる。

「お静かに」

玲琳と利汪の間に割って入り、玲琳を庇《かば》うよう立ちはだかったのは葉歌だった。

「本気でお妃様がそんなことをするとでも？　政治にも人にも一切興味がない、この我が道を行くお妃様がそんなことをするとでも？」

いささか気になる物言いだったが、玲琳にそれを咎める余裕はない。

利汪は一旦黙ったものの、ぐっとこぶしを握り締めて口を開いた。

「お妃様、このまま王が目を覚まさず、万一のことがあれば――」

「その時は、私も死ぬわ」

玲琳は考える間もなく答えていた。口に出してみれば、それ以外の答えなどありえないと分かった。

「この男は私の患者よ。それを私の作った蠱毒で死なせるようなことがあったら……私も死ぬわ」

そう宣言すると、ようやく利汪は引き下がった。どちらにしても、彼に鍠牙の体を癒すすべはない。今は玲琳に任せるしかないのだ。

玲琳は寝台の横に座り、鍠牙の変化をずっと観察していた。顔色が次第に良くなり、もう大丈夫だろうというところまできて玲琳は立ち上がる。

「おとなしく眠っていなさい」

そう言い置いて、玲琳は部屋を出た。

「お妃様、どこへ?」

葉歌が驚いたように追いかけてきた。

「お姉様にお会いしたいわ。どこにいるか知っている?」

「え? ええ、確か北の居室で休んでいらっしゃるはず……」

「そう。お前はお姉様のこと、よく知っているね。ついておいで」

玲琳は歩きながら流し目で葉歌を見やる。葉歌は困ったように口を噤《つぐ》み、何も答えなかった。

玲琳はそれ以上葉歌には何も言わず、薄暗い砦の廊下を歩いて北の 室へ向かった。

その部屋の前には衛士がいた。

「中へ入れなさい」

玲琳がごく平常の態度で命じると、部屋の中へ取り次いで扉を開けた。

「どうしました? 玲琳」

部屋の中に座っていた彩蘭が優しく問いかけてくる。玲琳は室内に侍《はべ》る女官たちへ視線をくれた。

「お前たち、全員部屋から出て行って。葉歌、お前だけは残っていいわ」

居丈高な物言いに、女官たちはあからさまな不快の色を示す。しかし、彩蘭が手を上げて軽く彼女らを制し、部屋から出て行かせた。玲琳、彩蘭、葉歌の三人だけが室内に残る。

「魁王の様子はどうですか？」

彩蘭は心配そうに聞いてきた。

「ええ、無事に助かると思うわ」

「そうですか……それはよかったですね」

ほっとしたように微笑まれ、玲琳は一瞬眉根を寄せた。

「本当にそう思っていらっしゃる？」

「もちろんですよ。どうしてそんなことを聞くのですか？」

聞き返す彩蘭の顔には、ずっと優しい微笑みが張り付いている。玲琳の愛した、この世の誰も愛さない微笑みが――

「……あれは、私が造ったソ蠱だわ」

「……それでは、あなたが彼を殺そうとしたということになってしまいますね」

「いいえ」

玲琳は即座に否定する。

「私の造ったソ蠱を持っている人は、他にもう一人いるわ」

「まあ……いったい誰でしょうね？」

「あなたよ、お姉様」

玲琳は淡々と告げる。彩蘭に張り付いた笑みは揺るがない。

「五年前、お姉様がソ蠱を欲しいと言った時、私は快く承知したわ。お姉様がそれを使って先の皇帝を殺した時も、跡継ぎ候補の兄たちを殺した時も、お姉様を責めようとは思わなかった。先の皇帝は頭の悪い男だったし、悪法を作って民を苦しめた愚かな皇帝だったもの。崩れかけた斎を立て直す力はお姉様にしかなかった。だから私はお姉様こそが皇帝の座につくべきだと思ったわ。それは正しかった。斎は今とても豊かだわ」

背後の葉歌が固唾をのんで見守っている。

「だけどお姉様、私には理解できないの。何故、あの男に毒を飲ませたの？　お姉様はあの男を買っているのだと思っていたわ。何故、切ろうと思ったの？」

彩蘭は微笑《びしょう》のまましばし玲琳を見つめ返していたが、ふっと笑みを深めた。

「あなたが魁でどのように過ごしていたか、わたくしはずっと知らせを受けていましたよ」

背後の葉歌が身をこわばらせた。玲琳はちらと彼女に目をやったが、何も言わず姉に向き直る。

彩蘭はゆったりと優雅な仕草で椅子の肘かけに体を預けた。

「ずいぶんと大変だったようですね。毎朝毒を飲まされたこと、病の者がいる建物に閉じ込められたこと。殺されそうになったこと。全部聞きましたよ。魁王はあなたを少しも守れなかった。それなのに、あなたに愛されているわたくしに対して敵意を向けてきたのです。隠しても分かるのですよ。可愛い妹の夫として、彼はあまりにもふさわしくないとわたくしは判断しました」

「……だから蠱毒を？」

彩蘭は深い笑みを口元に刻んだ。

「玲琳、あなたはわたくしの味方ですね？　わたくしのすることに逆らったりはしませんね？　あなたは何でもわたくしに従って生きてきました。魁王の妃になっても、それは変わらないのですよ。あなたはわたくしに逆らったりはしないでしょう？」

玲琳は凍り付く。色々なことが頭の中を駆け巡った。幼い頃、姉に抱きしめられて眠った時のことなどが——

「…………お姉様」

玲琳は妙に抑揚のない声で姉を呼んだ。

「私はお姉様がこの世で一番好き。愛しているわ。お姉様がお姉様である限り、私はお姉様の命令を何でも聞くわ。だけどお姉様……これは違うわ」

玲琳の瞳が冷たく凝る。座る彩蘭に近づき、身をかがめて姉の頬に触れた。

「お姉様はこの世の全ての人をただの駒としか見られない、この世の誰も愛せない、差別しない、全ての人を平等に駒として扱う、究極の博愛主義者だったはず。お姉様にとって魁国は、大事な駒の一つだったのでしょう？　だからこそ、お姉様は誰のことも優遇しない、壊れた心の持ち主でしょう？　それを、私のために潰すとおっしゃるの？」

誰も愛せないが故の博愛主義者。玲琳は姉のその毒を愛した。

「がっかりだわ、お姉様。私はお姉様の言うことならなんでも従ってきた。けれど、私の理想のお姉様でいてくれないのなら、価値がないのよ。あなたはもう、私のお姉様ではないわ」

「……わたくしを捨てるのですか？」

「だってあなたは私のお姉様じゃないわ。ただの抜け殻などいらないもの」

玲琳は冷たく切り捨てる。彩蘭は呆然と玲琳を見上げる。

「玲琳……」

「黙ってちょうだい。私をこれ以上失望させないで。あなたにはもう二度と会わないわ」

玲琳は彩蘭から離れると、拒むように背を向けて部屋を出て行こうとした。

「それでいいのですか？」

彩蘭が呼び止める。

「あなたの大切な姉ではなくなってしまったこのわたくしを、憎いとは思わないのですか？　失うくらいならいっそ殺してしまおうとは思わないのですか？」

「彩蘭様!?」

葉歌がぎょっとして呼んだ。

玲琳はぎしぎしと音を立てるような仕草で振り返る。

「私に殺してほしいの？　お姉様」

玲琳の瞳に憎悪の色が宿る。袖口から爛々と目を光らせる蛇蠱がのぞく。それを認め、彩蘭は嫣然《えんぜん》と微笑んだ。

「あなたは本当にわたくしを愛してくれていたのですねえ」

口元で両手を合わせ、嬉しそうに笑っている。

その顔を見た瞬間、玲琳の中で何かが爆発した。

自分でも何をしているのか分からなくなり、気づけば彩蘭につかみかかっていた。

「姫様！　おやめください！」

葉歌に鋭く叱責され、一瞬で床へねじ伏せられる。

「姫様……お妃様、いけません」

「葉歌、お前はお姉様の味方ね？　実際あの男の食べ物にソ蟲を仕込んだのはお前なの？」

「お妃様……」

「だったら何だというのです？」

先を引き取って聞き返したのは彩蘭である。

葉歌は困惑したように黙り込んでしまう。

玲琳はぎりぎりと唇を噛んだ。頭の中が沸騰して、感情はぐちゃぐちゃになっていた。

自分に何が起きているのか分からない。

その時、部屋の外から声を掛けられ、扉が開いた。

「妃が邪魔をしているそうだが……」

そう言って入ってきたのは鍠牙だった。

ついさっきまで寝込んでいたはずの彼がそこに立っている。玲琳は夢を見ているような心地がした。

鍠牙は床に押さえつけられたままの玲琳を見て目を見開き、何があったのかを察したように小さく息をついた。

ゆったりとした足取りで玲琳に近づき跪く。葉歌は恐る恐るといった様子で玲琳を解放した。

「帰るぞ」

鍠牙は玲琳に手を差し出す。玲琳はその手を掴むことなく放心している。

すると鍠牙は腕を引いて立たせ、玲琳を肩に担いだ。驚きながらも、玲琳は逆らうことなくだらりとしている。

「失礼したな」

そう告げて、鍠牙は彩蘭のいる部屋を後にした。

砦の廊下を歩く鍠牙の足取りは、いつもより重い。本当はしんどいのを我慢しているのかもしれない。そんなことを考えていると、玲琳は何故か鼻の奥がつんとした。目の奥が痛む。唇が震えて、勝手に変な声が出てきた。

うえっうえっと変な声を立てながら、玲琳は泣いていた。鍠牙の肩に担がれだらりと垂れ下がったまま奇声を上げて泣く玲琳の様はあまりにも奇怪である。

ずいぶんと長い間泣いた記憶のない玲琳は、自分が泣いているのだとしばらく気づかなかった。気づいたところで止めようはなく、涙は止まらないし喉は痛む。

「お姉様……お姉様……」

嗚咽の合間に姉を呼ぶ。

「……泣くな」

鍠牙は言った。その声には力がなく、ようやく振り絞ったものだと分かる。

彼はさっきまで寝ていた部屋に戻ってくると、玲琳を抱えたまま床に座り込んだ。

足が下について、玲琳は鍠牙から下りる。しかし離れることは許されず、玲琳は鍠牙の腕の中に留まる。

玲琳はまだ泣き続けていた。

泣くことに慣れていないので、泣き止《や》み方が分からない。

「だから……俺はあの女狐が気に食わないんだ……」

鍠牙は低い声でぼそりと言った。苦しそうに顔を歪めている。無理を押して玲琳を迎えに来たのだ。

「……帰る」

玲琳は嗚咽の合間に呟いた。

「魁へ……帰るわ……」

「……ああ、そうだな」

鍠牙は力なく応じた。

鍠牙が元通り動けるようになるまで、それから二日を要した。

それでも万全ではなかったが、二人は馬車に乗り無事韓韓の街を出た。

道中、会話はあまりなかった。ただ、ぼんやりと揺られて魁国へと帰ってきた。

しかし、その帰国の途に葉歌の姿はなかった。

葉歌にも彩蘭にも今後二度と会うことはないのだと思い、玲琳は胸にぽっかり穴の空いたような心地がしたが、その穴の存在は見ぬことにした。

今まで通りの日常が戻ってきた。鍠牙は無論、昼間部屋にいることはなかったが、夜はいつも共に眠った。しかし、斎での出来事を話すことはお互いなかった。


そんな日が十日も続いたある夜のこと、鍠牙はふと目を覚ました。

窓から月の光が差し込んでくる。傍らには彼の妻が眠っている。それらを見て、鍠牙は胸の内に置かれた盃がカタンと倒れ、中身が溢れてきたような感覚になった。

ゆっくりと寝台を滑り出る。

その気配に気づき、玲琳が目を覚ました。まぶたをこすりながら鍠牙を見上げる。

「どうしたの？」

鍠牙はしばし彼女を見下ろし、無言で歩き出した。玲琳はすぐに寝台から出てくると鍠牙を追いかける。

「どこへ行くの？」

玲琳はまた聞いたが、鍠牙はやはり答えない。彼女はそれきり問いかけることをやめ、黙って鍠牙の後を追った。

二人は暗く冷たい廊下を歩き、庭園へ出た。

この夜は満月で、夜の庭園は煌々《こうこう》と照らされていた。樹木の影すらくっきりと映し出され、池の水面はきらめいている。

明るい夜の庭園を、鍠牙はまっすぐ歩いてゆく。その後を玲琳が。たどり着いたのは、いつぞや玲琳が彼の妹を池に突っ込んだ東屋だった。その東屋には先客がおり、その先客は鍠牙と玲琳を認めて驚いた様子を見せた。

そこにいたのは鍠牙の母親である夕蓮だった。彼女が毎晩ここで月を見ていることは、後宮の者なら誰もが知っていた。その膝や足元には、愛猫たちが丸まっていた。

夜着を纏った美しい夕蓮は、息子とその妻に向かって微笑んだ。

「あら、二人とも、こんな夜にどうしたの？」

「……今夜は月が綺麗だったので、あなたを、殺しに」

鍠牙はころりと転がるような口調で告げた。傍らの玲琳が目を見張るが、告げられた当の夕蓮は穏やかな笑みを絶やすことなく問い返す。

「まあ……急にどうして？」

「理由はあなたが一番よく分かっているはずだ」

「いいえ、分からないわ。何のことかしら？」

夕蓮は無垢な瞳で首をかしげる。

「魁を滅ぼしたいのか？　斎の属国にでもしたいか？　会談の宴席で毒を仕掛けるなど正気の沙汰じゃない。ああ、あなたは初めから正気じゃなかったか」

鍠牙はくっくと笑った。そんな風に笑う彼自身こそ、正気ではないように思われた。

彼はふと笑みを収め、傍らで驚愕の表情を浮かべる玲琳を見下ろした。

「姫、安心しろ。斎の女帝は毒を盛った犯人じゃない。犯人はこの女だ」

放心する玲琳は、何も言わずただ夕蓮を見た。夕蓮の笑みは小揺るぎもしない。

鍠牙は感情が抜け落ちたような表情で、淡々と言葉を重ねる。

「子供の頃、俺に毒を盛った政敵というのもこの女だ。毒を飲まされていると医者に言われた時、俺は毎日飲んでいる茶を疑った。それを飲むといつも具合が悪くなったからだ。だが、信じたくなかった。その茶はこの女が毎日自分の手で淹れてくれたものだったからだ。だから俺は、自分の茶を弟に飲ませた。きっと何も起きないと信じたかった。だが……弟は死んだ。俺はその時、おかしくなったんだろうな」

鍠牙は声も顔も感情も、何もかもが凍てついてしまったかのように言葉を連ねてゆく。玲琳はただじっとその言葉を聞いていた。

「あの女は俺の許嫁も殺した。あなたのことも、狙うだろうとは思っていた。止めきれなかった俺はきっと、あなたに言わせると無能なんだろう」

そこで鍠牙はわずかに間を挟んだ。

「……だから姫、あの女を殺してもいいか？」

「……何故私に聞くの？」

玲琳は聞き返した。鍠牙はかすかに首をひねった。自分でも理由はよく分からないというように。

玲琳は鍠牙から視線を切り、笑みを浮かべたままの夕蓮へ向き直った。

「夕蓮、お前の息子がお前を殺すと言っているわ。お前が彼を殺そうとしたのは本当なの？　お前は息子が可愛くないの？」

その問いを受け、夕蓮はくすくすと笑いだした。

「鍠牙が可愛くないのかですって？　とんでもない。もちろん可愛いに決まってるわ。可愛い可愛い私の息子よ。愛してるわ」

柔らかく愛らしい微笑み。その笑みを見た鍠牙がきつく拳を握った。しかし彼がそれ以上の何かをする前に、玲琳が問いを重ねた。

「夕蓮……お前が蠱師なの？」

玲琳は奇妙に燃える瞳で夕蓮を見据えている。宿敵か、あるいは極上の獲物にでも会ったかのように。その瞳の輝きは、嫌悪や憎悪というより愛に似ていた。

問いを受け、夕蓮は笑みを深めた。

途端、玲琳の袖口から蛇がぬるりと這い出てくる。蜘蛛や百足も、まるで彼女の心を表すかのように姿を見せた。

百毒を支配する蠱師が、たった一人の女に対して牙を剝いている。

「私に毎朝毒を飲ませた女官や、私を西の離れに閉じ込めた衛士を操っていた蠱師もお前ね？」

淡々と問う玲琳に対し、夕蓮は楽しそうに笑った。

「ふふ、いいえ、違うわ。私は蠱師なんかじゃないわよ。ただね、私は昔から周りのものに愛されるの、男でも、女でも……猫でもね」

夕蓮の膝にのっていた猫が、立ち上がってシャーッと威嚇した。

玲琳は目を見開き、猫に見入る。

「は……ははは……やっぱり私は無能だわ。どうして気づかなかったの。ああ……そういうこと。お前の猫は……蠱ね？　蠱師がいなくとも自然発生で蠱になる奇異な動物——猫鬼《びょうき》」

猫鬼あるいは猫蠱《びょうこ》。それは蠱の中でも特異な存在として恐れられる。

夕蓮は目をぱちくりさせた。

「へえ、この子たち、猫鬼というの？　知らなかったわ。ふふ、この子たちは私の願いをかなえてくれる不思議な子たちなの。何でも言うことを聞いてくれるわ。人間を操ることも、人を殺すこともね」

どこまでも楽しげに、夕蓮は笑っている。

「言ったでしょ、私は鍠牙が可愛いの。だから、ついつい虐《いじ》めたくなっちゃうのよ。だって鍠牙は、父親にそっくりなんだもの。愛する夫にそっくりな息子を困らせたり泣かせたりしたくなっちゃうの」

「……何故私に毒を？」

「可愛い息子のお嫁さんにいたずらをするのはおかしなこと？　そのお嫁さんが蠱師だなんて聞いたら、周りを毒まみれにしてあげたいなんて思っちゃうのも無理ないと思うの」

「蠱病を蔓延《まんえん》させたのは？」

「ちょっと退屈だったんだもの。それにねえ、死んだ女官は私の可愛い猫を陰で虐めたのよ。だからほんの少し、お仕置きをしてあげたのよ。あなたを閉じ込めたのは、そうしたら面白いかなと思って。病に罹ったのも楽しかったわ。あなたが助けると言ってくれたのも嬉しかった」

かすかに頬を上気させる。そんなとき、夕蓮という女は人外のもののごとく美しく見える。

「ソ蠱を……鼠蠱《そこ》を、息子に飲ませたのは何故？」

「ふふ、みんなびっくりするかしらって思って。国同士のいさかいになったら素敵だと思わない？」

「いい加減にしろ!!」

今まで冷静だったのが一変し、鍠牙は破裂したかのように怒鳴った。

「あなたはいつもそうだ！　退屈だから、面白いから、気になるから、ほしいから、気に入らないから、そんな理由で平然と周りを傷つける。あなたはどうかしてる！」

睨みつけるが、それでも夕蓮の微笑みは消えなかった。

「ふふふ、それは仕方ないわ。私はあなたが好きだけれど……それよりもっともっと大事なものがあるんだもの。私はね、私のことが一番好きなのよ。それ以外は全部、おまけなのよ」

輝く笑みで夕蓮は自分の胸に手を当てた。

「だから仕方がないのよ。だってこの世は退屈なんだもの。私を退屈させる世界が悪いわ」

鍠牙は言葉を失った。一瞬の激情は瞬く間に霧散し、瞳が暗く澱んでゆく。夕蓮はそんな息子を気にすることなく続けた。

「この子たちはね、そんな退屈を紛らわせてくれる優しい子たちよ。私を愛してくれていて、望みをかなえてくれるの」

そう言って、夕蓮は膝上の猫を撫でる。

そこで玲琳は小首をかしげた。

「お前は、私が毒で死んでもいいと思っていたの？」

「あなたが死んだら、きっと悲しいでしょうね」

「ああ、そう……お前は、悲しみさえも刺激的で楽しいだろうと考えたのね？」

玲琳は納得したように頷いた。己の死を語りながら、口調はどこまでも淡々としている。

「あなたを好きなのは本当よ。あなたは大好きなお友達だわ。あなたに何かあったら、鍠牙はとっても傷つくでしょうからね。それを想像すると胸が痛いわ」

痛いと言いながら、夕蓮はうっとりと微笑む。

「だけど、別に殺そうなんて思ってなかったのよ。ただ、ちょっと虐めたいだけなのよ。殺したらもう遊べないから、殺したりはしないわ。何度も言ったわね、私、あなたが大好きなのよ」

その手で殺そうとした相手に、平然と愛を告げる。

「だけど玲琳、あなたも迂闊《うかつ》ね。あなたは私に毒のことを全部教えてくれたでしょう？　あれじゃあ、盗んでくださいと言っているようなものよ」

「ええそうね、迂闊だった。私、お前の猫鬼が私の鼠蠱を咥《くわ》えて持っていくのを見逃したわ。まだ蠱になりきっていないから、あげてもいいかと思ってしまったのよ。本当に迂闊だったわ。あの鼠蠱は、術者でもないお前を主として愛してしまったのね。この猫鬼たちと同じように」

「ええ、みんな私を愛してくれるわ」

夕蓮はこの上なく艶やかに微笑んだ。

「姫、これで分かったろう。あなたの姉は犯人じゃない。分かったなら先に部屋へ戻っていてくれ。あなたが許してくれるなら、俺はこの女を始末してから戻る」

鍠牙はもはや感情など一片も残っていない空虚な表情で言った。が、夕蓮はゆるりとかぶりを振る。

「あらあら、そんなの無理よ。あなたにはできないわ。できるのなら、今までにもうやっていたでしょう？」

鍠牙の目の下が一瞬ぴくりと動いた。

「できるわけがないわ。だって、何も証拠がないもの。今のは全部仮定の話。私は何もしてないわ。あなたは私を正当に裁けない。だとしたら私を暗殺でもするしかないわね。ふふふ、あなたはしないわ。あなたは、私と同じものになり下がりたくないと思ってるもの。だから私を殺せないの。本当にお馬鹿さんねえ、鍠牙。あなたのそういうところが可愛くて愛おしいわ。大好きよ」

母親から優しく愛情に満ちた言葉を与えられ、鍠牙は拳を固く握りしめたまま表情を凍てつかせている。触れたらひび割れてしまいそうに危うい空気が夜に満ちている。

そんな中、玲琳はぽつりと言った。

「いいわよ」

「何が？」

「これからも、この男を虐めてもいいわよ」

「あら、いいの？」

少し意外そうに聞き返す夕蓮。

「いいわよ、構わないわ。お前がやればやるだけ、この男の決意も固まるでしょう。殺す覚悟もいつかできるわ。だから存分に虐めたらいいわ」

「おい、姫」

鍠牙がとっさに口を挟みかける。

「だけど──」

と、玲琳は彼の言葉を遮った。

「その子たちはこちらへもらうわ」

軽く腕を上げる。衣の袖から、白く大きな蛾が何匹も飛び出し、夜空にはばたく。その数は二十を超えている。

奇妙に幻想的で悍《おぞ》ましいその光景に、夕蓮は椅子から立ち上がって身を固くした。

猫鬼たちは地面に降り立ち、警戒心を込めた鋭い目で蛾を睨んでいる。

「お前はそこまで愛されているのね。愛情一つで猫鬼を飼いならし、私の鼠蠱を奪って、自分の蠱として手なずけた。ただただ愛情一つで。本当に、お前の毒はなんて美しいのかしら。この……化け物め……！」

玲琳は獰猛な笑みを浮かべて、叫ぶように言った。

夕蓮はそれに甘い笑みで答える。

「うふふ……私を化け物と呼ぶの？　あなたが？　おかしいわね、だってあなたと私は同じでしょ？　私が化け物なら、あなただって化け物でしょ？　だって、あなたも私も、この世は自分のために存在すると思ってる。そうでしょ？」

「そんなことはどうだっていいわ。蠱を使役する者として決着をつけましょう。私の蛾蠱は強いわよ」

威嚇の言葉を放った途端、蛾蠱は夕蓮に襲い掛かった。

「きゃあっ！」

虫の嫌いな夕蓮は、その場に蹲《うずくま》った。蛾蠱は頭を抱える夕蓮の周りを飛び回る。猫鬼たちがシャーッと攻撃的に鳴く。

「ほら……どうしたの？　あなたの愛する主を、私は簡単に毒で殺すことができるわ。さあ、いいの……？」

妙な甘みを帯びた玲琳の声が、猫鬼たちにかけられる。

猫鬼はその声に反応し、玲琳の方を向いた。怒りに燃える双眸《そうぼう》が、月光をうつして金色に煌《きら》めく。

ぐっと身を縮め、猫鬼たちは玲琳に飛び掛かってきた。

「やめろ！」

鍠牙はとっさに玲琳を庇った。

その腕に、猫鬼が噛みつく。鋭い痛みに鍠牙は顔をしかめる。

背後の玲琳は一瞬驚いた顔をして、ほんのわずかに破顔した。そっと手を伸ばし、鍠牙の腕に噛みつき血をすする猫鬼の頭に手を置く。

「この血は蠱師に穢《けが》されし血、命じる声は蠱師の声、あなたたちより遥かに強く、遥かに穢れた蠱師のもの。逆らう権利は与えないわ。私が主よ。従え！」

途端、噛みついていた猫鬼がギイイイイ!!　と奇妙な悲鳴を上げて地面に落ちた。他の猫鬼共々、その場でのたうち回っている。散々苦しみぬいた後、最後に一度夕蓮の方を見て、猫たちはくたりと倒れた。

「みんな……どうしたの？」

蛾蠱に怯えながら、夕蓮が身を縮めて囁いた。

猫鬼たちはぴくりと反応し、ゆったり身を起こす。

「ねえ……こっちへ来て」

起き上がった猫鬼たちに、夕蓮は手を伸ばした。

しかし、猫たちの目はもう夕蓮を見ていなかった。地面に並んで座り、五匹の猫たちは玲琳を見ていた。

「認めるわ。お前の言うことは正しい。私とお前は同じよ。私もお前も、この世は自分のために存在すると思っている。世界の中心はこの私。何が大事で、何が要らないか……この世に存在する全てのものの、価値を定めるのもこの私。だから私もお前も、その結果与えられる全ての事象に、自分で責めを負うのよ」

玲琳は軽く指を振る。と、猫たちは従順にその場へひれ伏す。

「いい蠱ね、あなたたちのことはこれから私が可愛がってあげるわ。他の誰かの言うことを聞いてはいけないよ」

玲琳は嫣然と微笑んだ。夕蓮は呆然とその様を見ている。

「さあ……これでもう、あの女には何の力もないわ。全部私が奪った」

と、玲琳は鍠牙を見上げて言った。大きな瞳に月が映り込み、美しく輝いている。

「殺していいかと聞いたわね。いいわ。殺しなさい。私が許すわ」

ついっと指先を夕蓮に向ける。

「母親をその手にかけたら、お前はどれほど強い毒になるでしょうね。憎みたい人間を憎んで、殺したい人間を殺せばいい。お前の憎悪のその全てを、私が許すわ」

玲琳は指先でとんと鍠牙の胸を突いた。

「私は蟲と毒を愛する蟲師で、お前の妃だからね」

凍てついていた鍠牙の表情が、不意に揺れた。

その瞳には、怒りや憎しみや絶望や……様々な感情が現れては消えた。

そうして長いこと沈黙し、彼は一つ深い息をついた。

「くだらない」

ぼそりと言う。

「もういい、どうでもいい、帰るぞ、姫」

鍠牙は玲琳の手首を摑んだ。そんな彼を、夕蓮の声が引き止める。

「それでいいの？　私は変わらないわ。これから先もずっとよ」

しかし鍠牙はもう、彼女の方を見ようとはしなかった。

「あなたは病気だ。ここしばらくは何もしてこなかったから放っておいたが、それが間違いだった。今後はあなたのことを利汪に厳しく監視させる。他の人間は誰も近づけさせない。これ以上何もさせない。妹を殺された利汪はあなたを憎んでいるからな。あなたに懐柔されることは決してないだろう」

鍠牙は冷たく言い捨てて、母親に背を向けた。

「そう……そんなに簡単に忘れてしまえるの。あなたは私を殺してもくれないのね。ああ、つまらないわ。やっぱりこの世は退屈ね……」

夕蓮は夜に溶けるような吐息を漏らした。

鍠牙はもう振り返ることとなく、玲琳の手を引いて後宮へと戻った。

しばらく無言で歩き、玲琳は廊下の途中で腰を抜かしたように座り込んだ。

手を引いていた鍠牙が驚いたように振り返る。

「どうした？」

「……よかった」

玲琳はぽつりと零した。

「犯人がお姉様じゃなくてよかった。お姉様が、私を駒としてしか見ていない、残忍で薄情で誰より賢い、私のお姉様のままでよかった」

そう言うと、玲琳はへにゃりと崩れるように笑った。

終章

それから数日後のことである。

斎に残ったはずの葉歌が戻ってきた。

玲琳は鍠牙の居室で書物を読んでおり、鍠牙は側近の利汪から仕事の報告を受けているところだった。

「ただいま戻りました……」

そう挨拶する葉歌は、何故かげっそりとしている。

「お前、お姉様のもとに留まったのではないの？」

「え？　彩蘭様のもとに？　嘘でしょ。死にますよ。毎晩毎晩、魁の話を聞かせろとうるさくて、ここへ来てからのことを全部話していたら喉から血が出るかと思いましたわ」

心底うんざりという風にぼやく。

「そうだったの。お帰り、葉歌。お前に疑いをかけて悪かったわね。お前もお姉様も犯人ではないと、ようやく分かったのよ。蠱毒を盛ったのはお前じゃないって、少し考えれば分かることだったのに、馬鹿だったわ。あ、いけない！　お姉様に手紙を書くわ。謝らなくちゃ。お姉様はやっぱり私の愛する毒婦ですと書くわ」

「えぇ……？　それ喜ぶ人います？」

「お姉様は喜んでくださるわ」

玲琳はすっくと立ちあがり、自分の部屋へと飛んで行った。

残された葉歌は、やれやれとため息を吐いた。

「葉歌殿、私はあなたを信用してはおりません」

利汪がしかつめらしく言う。

「あなたは後宮のあちこちに入り込んで、まるで間諜か何かのようにあれこれと探りまわり、伝えるべきではないことを斎の女帝へ伝えていた。そういう人間がこの後宮にいることは極めて不快です。できれば帰ってきてほしくはなかった」

葉歌は一瞬むっとした顔をし、しかしすぐ真顔に戻った。

「それは出来かねます。私は斎の彩蘭様より、お妃様をお守りするよう言いつかっていますから。お妃様を害するものは、たとえ王でも殺せと言われています。これからも情報を彩蘭様へ流し続けますし、それを見た彩蘭様が魁王を消せと命じるなら、その通りにしますわ」

胸を張り、恐ろしいことを口にする。

「はは、まあ好きにしろ」

笑う鍠牙を、利汪はキッと睨んだ。

「何を悠長なことを。葉歌殿はとんでもない書簡を幾度も斎の女帝に送っているのですぞ」

「それは聞いたが……まあいいだろう。俺が恥をかくだけのことだ」

「それが大問題なのですよ！」

利汪は頭を抱える。

「そんなことはないのでは？」

葉歌はしれっと口を挟んだ。

「確かにまあ、彩蘭様は王様のことが気に入らないとおっしゃっていましたけどね。あの方はなんだかんだ言って、玲琳様が可愛いんですよね。これからもきっと、折に触れて玲琳様と王様に構ってくることでしょうよ」

「はあああ……なんというお妃様を迎えてしまったんだ」

利汪は深々とため息をついた。

「気に入らないですね、何度読んでも」

斎の後宮の一室、女帝彩蘭の居室で、彼女は葉歌から送られてきた書簡を再読していた。

「何が気に入らないのですか？」

傍らの側近が尋ねる。

「ほら、ごらんなさい」

彩蘭は側近に書簡を見せる。そこには生真面目そうな文字で、魁のことが書かれている。

「これは……もしや盗み聞き？」

書簡には、玲琳と鍠牙が寝所の中で交わした会話がつぶさに書かれている。

「ええ、どこを読んでも、玲琳と魁王が仲良く暮らしている話ばかり。一緒に寝るとか、まだあの子には早いと思いますけどね。このあたりの台詞《せりふ》なんて、ちょっと気障《きざ》じゃないですか？」

ぶちぶちと文句を言いながら、彩蘭は書簡をめくる。

「それにしても葉歌は見事だこと。天井裏にでも隠れていたのでしょうか。そうしないと、ここまで玲琳と魁王のやり取りを記録できないでしょう」

どうやら葉歌は、初夜が上手くいかなかったと知って、玲琳が鍠牙の寝所で眠り始めてから、毎晩その様子を監視していたらしい。二人がどうにか仲良くなるようにと、二人きりでいる場面をとにかく盗み見ていたのだという。

「葉歌は何というか……思考が変態的に乙女なのですよねえ」

「はあ……ですが、玲琳様がお幸せそうでよかったのでは？」

「そうですね……あの子がわたくしを切ってまで他の男を選ぶなんて……。それを確かめられてよかったこと。わたくしの嘘もなかなか堂に入ったものでしたね」

「あなた様の嘘はいつでも見事なものと存じます」

「ふふ、ありがとう。これで万事うまくいくことでしょう。わたくしの大切な可愛い駒が離れていくのは気に入りませんけれど、あの子は自由にさせたほうが、もっと素晴らしい駒に成長するでしょうからね。それには枷の多いこの斎では不十分です。魁王は、あの子をより優れた駒に成長させるための重要な餌なのですから、これからもしっかり監視していかなくてはね」

遠い目をして、また書簡を見下ろす。

「それにしても葉歌はなかなか文才があるのでは？　まるで物語のようですよ。ですがやっぱり、この屋上のやり取りなどはやりすぎですね。魁王はあの子に執着しすぎではありませんか？」

「いや、玲琳様に執着なさっているのはあなた様の方では……？」

「まあ、ふふふ。内緒ですよ。あの子はわたくしが誰にも執着心を持たない冷血漢だと思っているんですからね」

「いやまあ、陛下が冷血漢だというのは否定しませんね。魁王が毒で倒れた時の無関心な態度など、私は見ていてぞっとしましたよ。この人が犯人なのでは？　と心配になりましたからね」

「ふふふ、あの子にまた会えるのはいつになるでしょうね」

側近の失礼な発言をさらりと流し、女帝彩蘭はうっとりと微笑んだ。


玲琳は自室でせっせと手紙を書いた。

白い紙に流麗な文字が並ぶ。手先の器用な玲琳は、昔から字が上手い。

長々とした手紙を書きあげると、大きく息をつく。

「これをお姉様に送らなくてはね」

呟いて立ち上がり、振り返って驚いた。入り口に鍠牙が立っていた。

鍠牙は腕組みして開いたままの扉に寄りかかっている。足の置き場は部屋の外側だった。

「入ってもいいか？」

どことなくむすっとした顔で聞かれ、玲琳は一考してにこりと笑った。

「ダメよ」

鍠牙はちっと舌打ちした。品がない。

「いつになったら俺はこの部屋へ入れるんだろうな」

「お前がお姉様を褒《ほ》め称《たた》えれば、今すぐに入れるわ」

玲琳は真顔で答えた。

「ははは、それは絶対にありえないな」

「どうして？」

「あなたにはあまり嘘を吐きたくないからだな」

「ふうん、そう」

玲琳は机に寄りかかって鍠牙を眺める。彼は機嫌の悪そうな顔をしている。たぶん、玲琳が近づいてこないことに苛々している。それが分かるのがなんだか面白かった。

「来てほしい？」

小首をかしげて玲琳は聞いた。

「うん」

と、鍠牙は素直に答える。

玲琳は小さく笑って彼に近づいてゆく。しかし、ぎりぎり届かないところで足を止めた。

「おい」

鍠牙は怒った声を出す。短い言葉に非難の響きがこもっていた。

「辛《つら》い？」

と玲琳は聞いた。それが、今手が届かないことに対してではないと鍠牙はすぐ分かったに違いない。だが、彼はそれに気づかないふりをした。

「………ああ、うん、辛いな」

玲琳もわざと分からないふりをした。

一歩二歩と歩みを進め、彼の目の前にたどり着く。

「来たわよ」

高慢な物言い。ふふんと笑い、ぱっと両手を広げる。

「私に触ることを許すわ」

鍠牙はくっと笑った。

「それはありがたき幸せ」

と、鍠牙は玲琳を抱き上げた。相変わらず、粉袋的な担ぎ方をされる。

玲琳は文句も言わず運ばれていった。

「今日も一緒に寝ましょうか？」

「それは当たり前だ」

鍠牙は間髪を容れず答える。

「では、そろそろそれ以上をしてみる？」

「……もう少し育ってもらっていいか？」

「お前は本当に腹の立つ男ね」

玲琳はぴしりと鍠牙の背を打った。

鍠牙は何も言わずに歩いてゆく。やはりいつもより少し力がない。

「大丈夫よ」

顔も合わせず運ばれながら、玲琳は鍠牙の背に手を当てた。

「私といたら辛くならないわ。私の毒に浸してあげる。そうすれば、他の毒など忘れてしまうわよ」

「……姫は怖いな」

鍠牙は苦笑する。玲琳はわずかに体を起こし、鍠牙の耳元でささやいた。

「ええ、そうよ。私は毒より強い蠱師だからね。私の毒でお前を守ってあげるわ」

鍠牙が玲琳の体を押さえる手に力を込めた。

二人はそこで黙り、薄明かりの灯る廊下を歩いていった。

―――本書のプロフィール―――

本書は書き下ろしです。

小学館文庫

蟲《むし》愛《め》づる姫君《ひめぎみ》の婚姻《こんいん》

著者　宮野美嘉《みやのみか》

二〇一九年六月十一日　初版第一刷発行
二〇二〇年九月十四日　第五刷発行

発行人　飯田昌宏
発行所　株式会社 小学館
〒一〇一-八〇〇一
東京都千代田区一ツ橋二-三-一
電話　編集〇三-三二三〇-五六一六
販売〇三-五二八一-三五五五
印刷所――図書印刷株式会社

この文庫の詳しい内容はインターネットで24時間ご覧になれます。
小学館公式ホームページ　http://www.shogakukan.co.jp

ISBN978-4-09-406652-4

さくら花店　毒物図鑑

宮野美嘉

イラスト　上条衿

住宅街にある「さくら花店」には、
心に深い悩みを抱える客がやってくる。それは、
傷ついた心を癒そうと植物が呼び寄せているから。
植物の声を聞く店主の雪乃と、樹木医の将吾郎。
風変わりな夫婦の日々と事件を描く花物語！

CHARABUN
キャラブン！
小学館文庫